Kim Sagwa, Ich, B und Buch

Kim Sagwa
Ich, B und Buch

Roman

aus dem Koreanischen
von Ida Marie Weber

Konkursbuch
Verlag Claudia Gehrke

Die Stadt an der Küste

Ich finde, Erwachsene sehen irgendwie immer so aus, als wäre ihr Gesicht vor lauter Langeweile zu Stein erstarrt.

Selbst wenn sie direkt vorm Meer stehen, denken sie doch an was ganz anderes.

Ihr Kopf ist voll mit allem Möglichen.

Mir graut es jetzt schon vor dem Gedanken, dass auch ich eines Tages mal erwachsen werde.

1
Wir lebten an der Küste.

2
Immer wenn ich am Ende der Wellenbrecher stand, schwankte mein ganzer Körper im Wind hin und her. Und wenn ich den Kopf hob, sah ich nichts als Wellen. Die Wellen schlugen von links nach rechts und zogen sich dann schäumend wieder nach links zurück. Der Schaum war wie ein Schwamm und doch gleichzeitig auch wie ein Bündel voller Schnee. Ich freute mich immer, wenn kleine Schaumblasen meinen Körper berührten und dann, ohne eine Spur zu hinterlassen, einfach wieder verschwanden. Deswegen ging ich auch jeden Tag zu den Wellenbrechern. Selbst wenn das Wetter sehr kalt oder sehr heiß war. Ab und zu schob mich der Wind sogar eine Handspanne, nein eher zwei Handspannen weit zur Seite. Aber ich hatte trotzdem keine Angst. Wenn ich den Schaum der

Wellen betrachtete, musste ich immer an den Winter denken und an weißen Schnee. Wenn ich so dastand, hatte ich immer das Gefühl, als würde ich im Winter auf einer verschneiten Wiese stehen. Das azurblaue Meer wurde dann zu einer weißen, verschneiten Graslandschaft. Der Winter purzelte sozusagen über den Boden. Wenn ich mich selber auf den Boden legte, purzelte der Winter über meinen Rücken. Er purzelte in die Wellen hinein, um dann spurlos mit ihnen zu verschmelzen. Ich stemmte mich dann immer gegen den Wind und prägte mir die Winterlandschaft tief in meine Augen ein.

Außer mir waren auf den Wellenbrechern immer jede Menge braungebrannte Jungs. Ich kannte diese Jungs gut. Weil wir auf die gleiche Schule gingen. Weil es in der ganzen Stadt nur eine Schule gab. Weil wir in einer sehr kleinen Stadt lebten. Die Jungs standen immer mit verschränkten Armen am Ende des Wellenbrechers, betrachteten schweigend das Meer und sprangen dann plötzlich ins Wasser hinein. Nasse und über beide Ohren grinsende Köpfe ragten aus dem Wasser hervor. Sie ruderten mit ihren schmalen, aber kräftigen Armen zu meinem Wellenbrecher und kletterten an ihm hoch. Sie klopften sich gegenseitig auf die nassen Rücken. Sie lachten und schrien. Sie sangen und tanzten im Kreis. Wassertropfen fielen von ihren hin und her geschüttelten Köpfen auf ihre Schultern herab, wo sie in der Sonne glänzten.

Auch heute lief ich an den lärmenden Jungs vorbei. Einer von ihnen zog mich lachend an den Haaren, als wollte er mir einen Streich spielen. Ich presste meine Tasche mit beiden Armen fest an meine Brust und lief schneller. Der Junge lief fluchend hinter mir her. Aus lauter Angst hob ich Steine vom Boden auf und warf sie nach ihm. Einer der Steine streifte ihn und er schaute mir überrascht und mit blutender Stirn hinterher. Die anderen Jungen hatten angefangen zu rufen wie eine Horde aufgebrachter Affen. Ich beugte mich über meine Tasche und lief noch schneller. Die Jungen gaben weiter affenartige Geräusche von sich. Ich hatte schreckliche Angst, doch es blieb bei dem Geschrei. Nach diesem Vorfall zogen sie mich jedenfalls nicht noch einmal an den Haaren. Aber das war ehrlich gesagt noch viel schlimmer. Nach diesem Vorfall steckten sie jedes Mal, wenn ich an ihnen vorbeilief, ihre Köpfe zusammen und tuschelten miteinander. Sie lachten und tanzten nicht mehr. Das war wirklich noch viel schlimmer. Weil ich es gemocht hatte, ihnen dabei zuzusehen, wie sie lachend ins Meer sprangen. Aber sie sprangen nicht mehr ins Wasser, wenn ich in der Nähe war. Ich öffnete meine Tasche und schaute hinein. In der Tasche befanden sich ein Mäppchen, ein Heft und ein Spiegel. Ich zog den Spiegel hervor und betrachtete mein Gesicht darin. Es strahlte nicht. Ich drehte den Spiegel ein wenig und betrachtete das Meer. Das strahlte.

Die Jungs hatten mittlerweile aufgehört zu tuscheln und waren nun damit beschäftigt, mich anzustarren. Ich lief wieder los, ohne den Spiegel einzustecken. Ich lief immer schneller. Ich wollte lachen, aber es ging nicht so recht.

3

Eines Tages kamen einige Männer nicht mehr zurück, die kurz zuvor mit einem Boot hinaus aufs Meer gefahren waren. Auch nicht morgens, als die Sonne wieder aufging und auch nicht abends, als die Sterne wieder am Himmel funkelten. Leute kamen an den Strand, weinten bitterlich und rauften sich die Haare. Sie warteten. Sie warteten und dann warteten sie noch ein bisschen mehr. Aber es geschah nichts. Die Sonne strahlte und die Sterne funkelten. Das Meer floss von links nach rechts. Alles blieb gleich. Niemand kam zurück.

Eines Tages schwamm ein wagemutiges Kind zu weit ins Meer hinaus und kam nicht mehr zurück. Die Mutter des Kindes lief daraufhin lauthals weinend über den Strand. Durch pures Glück wurde die Leiche an den Strand gespült. Es ging kein Wind und die Wellen standen still. Menschen scharten sich um die Leiche. Die Jungs standen schweigend auf den Wellenbrechern und betrachteten die Szene von Weitem.

Eines Tages lief eine einsame Person alleine ins Meer hinaus. Es war spät nachts und keiner von uns kannte sie, da sie von weither gekommen war. Ein paar Tage darauf kamen dann einige Leute in einem Auto. Sie hatten ein Foto von ihr in der Hand und klopften an die Tür vom Supermarkt. Die Besitzerin des Supermarkts war allerdings schon so alt, dass sie immer alles vergaß. Die Sonne funkelte noch mehr als sonst, genauso wie das Meer. Die Jungs sprangen ins Wasser und ich lag auf dem Boden am Ende der Wellenbrecher. Am Ende war niemand von ihnen zurückgekehrt. Alles blieb gleich.

4
Es hatte plötzlich lautlos angefangen zu regnen. Am Himmel war kein Licht mehr zu sehen. Ich stand nackt am Ende des leeren Wellenbrechers und betrachtete das Meer. Die Wellen wirbelten hin und her und der Schaum spritzte höher als mein Körper. Das Meer schien sehr beschäftigt zu sein, deswegen konnte ich auch nicht mit ihm reden. Wenn man jedoch eine Weile stillschweigend einfach nur so dasteht, wird es irgendwann ziemlich langweilig. Also zog ich mich gelangweilt wieder an. Meine Kleidung war genauso nass wie mein Körper. Ich hob meine Tasche auf und ging zurück in Richtung Strand. Der Regen wurde immer stärker. Der Wind wirbelte von links

nach rechts und dann wieder nach links zurück. Mein Körper schwankte im Takt mit. Der Himmel war ein riesiges Meer, das nun auf mich herabprasselte. Das Meer prasselte aufs Meer herab. Der Strand und auch der Weg wurden zum Meer. Es regnete noch heftiger. Die riesigen Wellen schlugen auf die Wellenbrecher ein und streckten ihre Hände nach meinen Knöcheln aus. Ich war so überrascht, dass ich anfing zu weinen. Meine Augen wurden auch zum Meer. Meine Backen, mein Hals, meine Schultern und auch mein Bauchnabel wurden zum Meer. Alles war Meer. Wir alle waren gleich. Also waren wir doch auch alle auf der gleichen Seite. Ich war auf der gleichen Seite wie die Wellen, der Himmel, die Erde, das Meer und das Wasser. Als ich so darüber nachdachte, hatte ich plötzlich überhaupt keine Angst mehr. Ich war die Wellen. Ich war der Himmel. Ich war die Erde und das Wasser. Ich streckte beide Arme nach oben. Meine Tasche fiel zu Boden. Der fallende Regen und ich, ich und die Wellen und das Meer, die Erde und das Wasser, wir alle waren eins. Der Regen wurde stärker und mit ihm zusammen wurde auch ich stärker. Wir wurden alle gemeinsam stärker. Ich wurde sogar so stark, dass ich ganz vergaß, wer ich eigentlich war. Ich vergaß, was ich gerade tun und wohin ich gerade gehen wollte. Ich dachte nicht mehr über die Tasche auf dem Boden nach und lief los.

Ich denke nicht an die Tasche.
Ich denke nicht.
Ich denke nicht an schlechte Dinge.
Ich denke nicht.
Ich denke nicht.
Ich öffnete die Augen. Regen tropfte an meinem Körper herab. Ich war glücklich. Ich war glücklich.

5
Meine Mutter war stinksauer auf mich.
Ich hatte mich erkältet.
Ich bekam eine neue Tasche, ein neues Mäppchen und einen neuen Spiegel.

6
Die Stadt lag östlich vom Meer. Alle, die dort lebten, waren einander sehr ähnlich. Alle besuchten die gleiche Schule, schauten im gleichen Kino Filme und aßen im gleichen Burgerladen ihre Hamburger. Wir hatten alle denselben Traum: nämlich keinen. Wir waren wie die Wellen. Wir bewegten uns von einer Seite zur anderen, nur um dann doch wieder an unseren eigentlichen Platz zurückzukehren. Nur eine Einzige von uns hatte einen Traum. Sie wollte ein Fisch werden. Das war B. Sie saß gerade neben mir. Dann kann man ins Wasser springen und muss nie wieder rauskommen, sagte B. Man kann

für immer dort leben. Man muss keine Miete zahlen. Man muss nicht einkaufen. Man muss nicht arbeiten. Man muss nicht zur Schule gehen, sagte B. Man braucht kein Geld. Es macht nichts, wenn man arm ist, sagte B. Sie war arm.

Ich möchte ins Wasser springen und nicht mehr herauskommen.

B fegte sich den Sand von den Knien.

Ich wartete darauf, dass sie weitersprach.

Ich möchte ein Fisch werden,

sagte B.

Ich war allerdings der Meinung, dass es sicherlich nicht so einfach sein würde, ein Fisch zu werden. Ich sagte ihr, wenn du ein Fisch wirst, bekommst du am ganzen Körper Schuppen. Du wirst ganz flach. Ich presste meine beiden Handflächen gegeneinander, um meine Worte zu verbildlichen. Du bekommst Flossen und Kiemen und deine Beine verschwinden einfach. Ich ballte die Hände zu Fäusten und schüttelte mich. Du wirst hässlich. So willst du werden? Sowas gefällt dir?

Ja.

B war entschlossen.

Man springt ins Wasser. Man kommt nicht mehr heraus.

Wir saßen am Strand. Das Meer glitzerte in der Sonne. Es war ein warmer Freitagnachmittag im Frühling. Und doch waren nirgendwo schlanke Frauen im Blümchenbikini zu sehen. Und es gab auch keine braungebrannten Männer, die von diesen Frauen angezogen wurden. Jedoch gab es solche Leute hier auch im Sommer nicht. Weil unsere Stadt langweilig war. Brille hatte einmal gesagt, dass es in Seoul Fernseher gebe, die so groß seien wie fünf unserer Fernseher hier zusammen. Und die seien auch noch dünner als sein Übungsbuch. Brille war unser Klassensprecher. Brille erzählte uns immer von Seoul. Aber wir wussten noch weniger über Seoul als über die Art und Weise, ein Fisch zu werden. Also dachten wir auch, es sei schwieriger in Seoul zu leben als ein Fisch zu werden. Brille sagte, er wolle später in Seoul leben, weswegen er immer eine dicke Brille aufhatte und fleißig seine Aufgabenbücher löste. Ich bewunderte seine Eltern, da sie anscheinend schon bei seiner Geburt gewusst hatten, dass er später einmal eine Brille tragen und fleißig lernen würde, und ihn deswegen Brille genannt hatten. Brille saß zwar mit uns am Strand, aber er verbrachte seine Zeit nicht sinnlos, so wie wir, sondern lernte mit seinem Aufgabenbuch. Das Aufgabenbuch hatte er von seiner Tante aus Seoul bekommen. Die hatte gesagt, dass alle klugen Kinder in Seoul dieses Aufgabenbuch lösen würden. Brille hatte für jedes Fach ein extra Aufgabenbuch. Er mochte besonders das Mathebuch. Wahrscheinlich war er deswegen auch so gut in Mathe. Wir nannten ihn alle den Mathekönig.

Unser Mathekönig Brille saß am Strand und hatte gerade damit angefangen, die Länge der Seite A einer unbekannten Figur zu errechnen. Ich dachte über die Fernseher nach, die sie in Seoul verkauften und die angeblich so groß waren wie fünf unserer Fernseher zusammen. Ich dachte darüber nach, wie es wohl sein musste, so einen Fernseher zu benutzen. Tut einem dabei nicht der Nacken weh? Man muss sicher ziemlich weit weg davon sitzen. Aber wenn man weit weg sitzt, dann wird doch auch der Bildschirm kleiner. Wofür braucht man denn dann überhaupt so einen großen Fernseher? Am Ende dieser Gedanken kam ich zu dem Entschluss, dass so ein Fernseher für mich total nutzlos war. B war aufgestanden. Sie lief langsam über den Strand in Richtung der schwarzen Felsen. Die Möwen durchkreuzten den Himmel. B zog ihre Schuhe aus und kletterte auf einen der schwarzen Felsen hinauf. Erst bewegte sie einen ihrer Füße auf einen anderen Felsen und dann den anderen Fuß. Und wieder einen Fuß und dann den anderen und wieder und wieder.

Sie wurde immer kleiner.
Ich geh nach Hause,
sagte Brille.
Tschüss,
sagte ich, ohne ihn dabei anzusehen.
Bleibst du hier?
Ich geh mit B zusammen.

Okay.
Brille stand auf. Er rückte seine Brille zurecht und ging. Er wurde immer kleiner. B wurde auch immer kleiner. Ich sah in der Ferne, wie die Jungs von den Wellenbrechern ins Wasser sprangen. Sie wurden auch immer kleiner. Alle wurden kleiner. Ich bekam plötzlich Angst. Ich stand auf und rannte in Richtung der Felsen.

7

Auf dem Weg nach Hause schauten B und ich im Supermarkt vorbei. Nur die alte Besitzerin war im Laden. Wir begrüßten sie höflich, gingen zum Kühlschrank und nahmen uns von dem Gerstentee. Die alte Besitzerin saß vor einem Tisch voller getrocknetem Muschelfleisch und füllte jeweils eine Handvoll davon in kleine Plastiktütchen. Als Gegenleistung für den Gerstentee halfen wir ihr für etwa zehn Minuten dabei. Wir, also ich und B, klebten Sticker auf die Tütchen, auf denen „Qualitätsgarantie – Fischereigenossenschaft" stand. Die alte Besitzerin zündete sich eine Zigarette an und ging nach draußen. Sie setzte sich auf einen der weißen Plastikstühle vor der Tür und betrachtete, ihre Zigarette rauchend, das Meer. Wir wussten absolut nichts über sie. Wir waren aber auch nicht neugierig. Sie wusste das. Da sich niemand für sie interessierte, hatte sie auch niemanden, mit dem sie reden konnte. Weswegen sie schweigend Gerstentee kochte, Muschelfleisch abpackte und ihre Zigaretten rauchte. Sie alterte wortlos vor sich hin, wie das Meer und der Wald.

8

Wir liefen eine Weile, bis wir ein altes Gässchen erreichten. Das vom Sonnenlicht erhellte Gässchen war so ruhig, dass ich selbst die Atemgeräusche von B hören konnte. Wir liefen, ohne ein Wort zu sagen, nebeneinanderher. Ab und zu wechselten wir die Straßenseite oder wichen einem Auto aus. Die Stadt kam langsam immer näher. Mit Bedauern schaute ich immer wieder hinter mich. Das Meer verschwand langsam. Als es komplett verschwunden war, als der Strand, der Hügel und der Wald auf dem Hügel auch nicht mehr sichtbar waren und als der Wind nicht mehr sandig und salzig war, waren wir zurück in der Stadt. Es war ein seltsames Gefühl, wieder in der Stadt zu sein. Es war wie in einem Spiegel gefangen zu sein. Wohin auch immer ich blickte, ich sah nur mich selbst. Ich konnte B nicht mehr erkennen, obwohl wir uns an der Hand hielten. Ich hörte und fühlte sie auch nicht. Das war ein wirklich seltsames und erschreckendes Gefühl. Wir waren wieder zurück in der Stadt.

9

Unsere Stadt war lächerlich. Weil sie versuchte, Seoul nachzuahmen. Je mehr sie das jedoch tat, desto unterschiedlicher und lächerlicher wurde sie. Die Leute kauften ihre Autos im Autohaus Seoul und aßen ihr Essen im Restaurant Seoul. Ihre Brillen kauften sie im Brillenladen Seoul und ihren Urlaub buchten sie über das Reisebüro Seoul. Wir wussten alle, dass das lächerlich war. Aber wir wussten auch nicht, was man hätte tun können, damit es nicht mehr lächerlich war. Die Leute, die nicht mehr länger lächerlich sein wollten, verließen die Stadt und gingen nach Seoul. So wie Brille es später einmal tun wird. Oder wie seine Tante es bereits getan hat.

Im Reisebüro Seoul konnte man ein Reisepaket für drei Tage und zwei Nächte in Seoul buchen. Unsere Schule nahm dieses Angebot jedes Jahr in Anspruch und schickte die Schüler auf Klassenfahrt dorthin. Am ersten Tag unserer Klassenfahrt kamen wir früh morgens am Hauptbahnhof in Seoul an. Der Bahnhof war hell, groß und neu. Er war so groß, dass es fast so schien, als könnte man unsere komplette Stadt hineinpacken. Wir warteten auf unsere Reiseführerin, die ihr ganzes Leben in Seoul verbracht hatte und sich dementsprechend gut dort auskannte. Ihr Name war Sarah. Während wir auf sie warteten, aßen wir ausländisches Brot mit jeder Menge Zucker drauf und beobachteten die kultivierten Stadtbewohner. Alle hatten ernste Gesichtsausdrücke und liefen schnellen Schrittes stur geradeaus. Sarah kam zehn Minuten zu spät, aber sie entschuldigte sich nicht einmal dafür. Sie trug ihre braun gefärbten Haare in einer Dauerwelle, die genauso kultiviert erschien wie die Stadt Seoul selbst. Die Jungen in unserer Klasse waren bereits dabei, sich in Sarah zu verknallen, und ihre Gesichter waren ganz rot. Sie nahm uns mit ins Zentrum von Seoul. Dort gab es Museen, Kinos und Paläste, und nachdem wir das alles betrachtet hatten, war es auch schon Nacht. Am zweiten Tag waren wir im Myeong-dong-Shoppingviertel, in einem großen Kaufhaus, auf dem 63 Building und am Han Fluss, der quer durch Seoul fließt. Von der Aussichtsplattform des 63 Building sah der Himmel aus wie ein Schrottplatz und der Fluss wie ein Sumpf. Es gab hier keine Möwen und auch keine Kinder, die nackt ins Wasser sprangen. Abends aßen wir mariniertes Rindfleisch, wie man es angeblich früher auch im Palast gegessen hat, in einem Restaurant, in dem es einen kleinen Bambuswald gab. Obwohl es koreanisches Essen war, sah es kein bisschen so aus. Am letzten Tag waren wir in einem großen unterirdischen Einkaufszentrum, das direkt an eine U-Bahn-Haltestelle angrenzt. Dort verlor ich auf dem Weg zur Toilette die Orientierung. Ich konnte vor lauter Angst nicht einmal weinen. Zu viele Menschen kamen auf mich zugelaufen, und obwohl ich wusste, dass diese Menschen alle die gleiche Sprache sprechen wie ich, traute ich mich nicht sie anzusprechen. Allmählich bestand ich nur noch aus zwei großen, vor Angst aufgerissenen Augen. Erst als Sarah mich endlich fand, brach ich in Tränen aus. Sie nahm mich in den Arm. Ihr Körper verströmte einen wundervollen Duft, genau wie Seoul.

Einige Jahre später entstand auch in unserer Stadt ein riesiges Einkaufszentrum, das dem in Seoul nachempfunden war. Dort verkauften sie noch süßeres ausländisches Brot, und es gab ein Restaurant mit Bambusgarten. Es gab nachgemachte Kleidungsgeschäfte, nachgemachte Kneipen und ein nachgemachtes Kino. Das Einkaufszentrum wurde ein Erfolg. Denn wenn man dorthin ging, konnte man sich ein wenig wie in Seoul fühlen, und das machte die Leute glücklich. Die Leute waren bereits mit einem kleinen Teil von Seoul zufrieden. Und das war auch genug, um endlich die Lächerlichkeit zu überwinden.

10

Die ganzen Ausgestoßenen der Stadt lebten nördlich vom Hügel. Der Name dieses Orts war Ende. Man darf sich auf keinen Fall verirren, sagte meine Großmutter immer. Wenn man sich verirrt, landet man nämlich in Ende. Sie erzählte, dass zahlreiche Kinder sich nach Ende verirrt hatten und nie wieder herausgekommen waren. Sie sagte, dass in Ende

Geistesgestörte, Betrüger, Prostituierte, Diebe, Waisen und Mörder zusammenlebten. Alles an Wissen, was ich über solche Leute hatte, stammte aus Filmen oder Comics, und dort sammelten sich solche Leute auch immer an solchen Orten wie das Ende, das meine Großmutter beschrieben hatte. Dort trinken alle Menschen Schnaps statt Wasser, dort essen alle statt frischem Essen nur vergammeltes und keiner geht zur Schule oder auf die Arbeit. Auf den Straßen stapeln sich die Leichen und in den Häusern tummeln sich die Ratten und Kakerlaken. Ich hatte einmal einen Film im Fernsehen gesehen. In dem Film hatte sich der Held, auf der Suche nach dem Schurken, an einen Ort wie Ende begeben. Die Straßen waren dunkel und feucht, und in Fetzen gekleidete Leute, die offensichtlich den Verstand verloren hatten, kamen auf den Helden zugelaufen. Vor lauter Angst hatte ich meine Großmutter aus dem Schlaf gerissen. Meine Großmutter fragte mich, was denn los sei, und ich zeigte nur auf den Fernseher und fragte sie, ob Ende denn auch so ein furchtbarer Ort sei. Meine Großmutter bejahte meine Frage sofort, ohne auch nur einen Blick auf den Fernseher zu werfen.

Immer wenn ich krank oder einsam war, träumte ich davon, nach Ende zu gehen. In meinem Traum lebte B dort. Sie lebte dort, weil sie dabei war, ein Fisch zu werden. Hätte sie in der Stadt jemand gesehen, hätte man sie sicherlich bei der Polizei gemeldet oder in einen Zoo gesperrt. In Ende nicht. Dort kümmerte sich niemand um so etwas. Ich werde zu einem Fisch. Ich brauche eine Wohnung. Hatte B, die sich die Schuppen an ihrem Arm kratzte, zu einem Mann, der in Ende wohnt, gesagt. Dieser hatte ihr geantwortet, dass er jemanden kenne, der zum Teller wird und ihm daraufhin ein Zimmer verschafft. Und so kam es, dass B, die zu einem Fisch wurde, im Haus neben dem Mann lebte, der zum Teller wurde. Als ich B besuchen ging, hatte sie eine Decke über ihren Kopf gezogen. Als ich sie begrüßte, kam sie vorsichtig unter der Decke hervor. Ihre Brust war voller Schuppen, auf denen das Sonnenlicht regenbogenfarben glitzerte. Fass mal an, sagte B. Ich fasste sie an. Ihre Brust war eiskalt. B sagte, sie würde das Haus nicht mehr verlassen, bevor sie komplett zum Fisch geworden war. Wenn sie komplett zum Fisch geworden sei, sagte sie zu mir, während sie sich am Hals kratzte, müsse ich sie zum Meer bringen. Auf ihrem schmalen Hals zeichneten sich blassrote Linien ab. Sie war dabei, Kiemen zu bekommen. Sie nahm meine Hand. Ihre Finger waren ganz stumpf. Du musst jeden Tag hierherkommen und gucken, ob ich schon zum Fisch geworden bin. Ansonsten könnte ich sterben. Sie kratzte sich erneut am Hals. Dann fing sie an, seltsame Geräusche von sich zu geben. Ein Zischen, wie wenn irgendwo Luft entweicht. Ihr Gesicht wurde immer spitzer. Ihre Augen wuchsen immer weiter auseinander. Ich wich einen Schritt zurück.

Ihr Gesicht bekam einen silbernen Teint. Ich stieß einen Angstschrei aus. An dieser Stelle wachte ich immer aus dem Traum auf, woraufhin ich weinend zu meiner Großmutter rannte. Meine Großmutter wachte zwar nicht auf, aber in ihren Armen war es warm und sie hatte keine Schuppen. Ich flüsterte ihr zu, dass ich kein Fisch werden wolle. Ich wollte nichts werden. Dann klammerte ich mich an ihren Arm und schloss die Augen. Kurz darauf schlief ich immer ein und träumte von nichts.

11

Ab und zu schrieb ich gute Klausuren. Ab und zu nicht. Ab und zu lernte ich fleißig. Ab und zu überhaupt nicht. Ab und zu machte ich fleißig meine Hausaufgaben. Ab und zu machte ich sie gar nicht. Aber meine Eltern interessierte das eh nicht. Es war egal, ob ich hundertmal meine Hausaufgaben machte oder sie hundertmal nicht machte, es interessierte sie einfach nicht. Jeden Tag verzogen sie ihre Gesichter und waren mit irgendetwas anderem beschäftigt. Meistens waren sie am Schlafen und ab und zu saßen sie einfach nur da und sagten, sie seien müde und ich solle verschwinden. Das machte mich wütend. Wenn ich wütend war, wollte ich am liebsten immer meine hundert nichtgemachten Hausaufgaben nehmen, damit zu meiner Mutter gehen und sie fragen, warum sie mich überhaupt auf die Welt gebracht hatte. Aber ich fragte sie nie. Ich beschloss, mich nicht mehr um meine Eltern zu kümmern. Nein, ich beschloss, so zu tun, als würde ich mich nicht um die beiden kümmern. Stattdessen ging ich zu meiner Großmutter. Ich legte den Kopf auf ihren Schoß und sie erzählte mir interessante Geschichten von früher. Sie erzählte mir von Dingen, von denen ich nichts wusste, von Ende, Hunger und Krieg. Es war zu jener Zeit gewesen, dass meine Großmutter immer kindischer wurde. Sie fing an, Süßigkeiten zu mögen, holte jeden Tag hundertmal ihre Wäsche aus dem Schrank, nur um sie neu zu falten und danach wieder in den Schrank zu legen, sie vergaß ständig ihr Essen und wurde wütend. Aber immer, wenn sie mir Geschichten erzählte, war sie überhaupt nicht mehr wie ein kleines Kind. Sie erinnerte sich an alles und erzählte ausgezeichnet.

Wenn man das Fenster in meinem Zimmer im ersten Stock öffnete, konnte man lauter zweistöckige Häuser sehen, die genauso aussahen wie unseres. Auf den Dächern dieser Häuser waren Kreuze angebracht, die nachts anfingen zu leuchten. Dieses Licht verdeckte die Sterne, die dadurch verschwanden. Ich schloss das Fenster, legte mich aufs Bett und machte meine Hausaufgaben, oder nicht. Ich setzte mich an den Schreibtisch und lernte für eine Klausur, oder nicht. Wenn der Hunger kam, rief mich meine Großmutter. Meistens lag ich bis zu diesem Zeitpunkt einfach nur bewegungslos auf dem Bett, anstatt Hausaufgaben zu machen. Ich las keine Bücher, hörte keine Musik und hatte auch keinen Jungen, den ich mochte und über den ich hätte nachdenken können. Die Zeit schien überhaupt nicht zu verstreichen und war wie eine lauwarme Pfütze. In dem geschlossenen Zimmer war alles so ruhig und bewegungslos wie Luft. Das war meine Welt. Ich mochte sie.

12

Die Lehrer in unserer Schule mochten mich nicht. Vor allem unsere Klassenlehrerin konnte mich nicht ausstehen. Da ich alles mal fleißig und dann wieder überhaupt nicht machte. Aber seit jenem Sommer konnten mich auch die Jungs in unserer Klasse nicht mehr leiden. Das hatte keinen besonderen Grund. Die Lehrer, die mich ja auch nicht ausstehen konnten, taten so, als wüssten sie nichts davon. Eines Tages lag ich mitten auf dem Sportplatz auf dem Boden. Ich lag dort, weil mich einer der Jungs mit der Faust niedergeschlagen hatte. Ich war zu Boden gefallen und hatte mich einmal überschlagen. Das hatte seine Freunde zum Lachen gebracht. Aus meiner Nase lief Blut und ich konnte sehr gut den Himmel sehen. Etwa zehn Jungs sahen von oben auf mich herab. Sie sahen so aus, als würden sie reiflich überlegen, was sie nun mit mir anstellen sollten. Ich sah weiterhin nur den Himmel an. Die Jungs sahen weiterhin nur mich an. Als ich den Kopf zur Seite drehte, konnte ich durch die Beine der Jungs hindurch unsere Klassenlehrerin vorbeigehen sehen, die einen Sonnenschirm mit weißem Blumenmuster in der Hand hielt. Die Blumen auf dem Sonnenschirm waren Lilien. Ich wusste, dass sie mich gesehen hatte, und ich wusste auch, dass sie so tat, als hätte sie es nicht. Natürlich wussten das auch die Jungs. Also tat auch ich so, als wüsste ich von nichts. Wir alle taten so, als wüssten wir von nichts. Einer der Jungs trat kräftig nach mir. Ich wurde nach rechts gerollt. Dann nach links und wieder zurück nach rechts. Während ich rollte, dachte ich daran, dass alle mich anschauten. Der Himmel, die Schule, die Lehrerin und Brille, B, meine Großmutter, mein Vater, meine Mutter, sie alle schauten mich an. Aber natürlich taten sie alle so, als wüssten sie von nichts. Dieser Gedanke machte mich traurig. Aber ich versuchte den Gedanken zu verdrängen. Ich wendete alle meine Kraft auf, um die Tränen zu unterdrücken. Plötzlich hatte ich aufgehört zu rollen. Als ich die Augen öffnete, sah ich B. Hä? Ich sah B.

B hatte in jeder Hand einen Kassettenrekorder und schwang diese in Richtung der Jungs. Sie sah dabei aus wie Don Quijote. Die Jungen wichen unsicher zurück. Ich richtete mich auf. Don Quijote schnappte mit einer Hand nach mir, während sie mit der anderen Hand weiterhin die Kassettenrekorder schwang. Ihre

Hand führte mich weg von diesem Ort. Der Sonnenschirm mit den weißen Lilien kam immer näher, nur um gleich darauf wieder in der Ferne zu verschwinden. Kurz danach erschienen die grünen Schultore. Vor dem Tor begrüßten uns fünf Schreibwarenläden. B hielt meine Hand. Sie war voller Blut. Im zweiten Schreibwarenladen entdeckte ich Brille. Er war gerade dabei, sich ein Eis auszusuchen. Er hatte sein Aufgabenbuch in der Hand. Brille!, rief ich. Brille schaute mich überrascht an. Ich winkte ihm zu, doch er war bereits wieder aus meinem Blickfeld verschwunden.

Kurz darauf kamen wir am Seoul Supermarkt vorbei und am Hahaha Karaoke, dem Kiosk, dem Reisebüro Seoul, dem Restaurant Seoul, der Zahnklinik Seoul und der Augenklinik Seoul. An einem Seoul vorbei, zum nächsten und wieder zum nächsten. Wir rannten weiter.

Ich rannte. Meine Nase war vollkommen rot gefärbt.

B rannte. Die zwei Rekorder in der Hand haltend.

Mein Herz raste. Meine Zunge fühlte sich ganz trocken und rau an. Das Blut an meiner Hand trocknete und blätterte langsam ab. Der Himmel schwankte. Die Möwen begannen über unseren Köpfen zu kreisen. Auf meinen Backen setzte sich salziger Sand fest. Blasse, flache Häuser tauchten auf, dann eine Straße und der Himmel wurde wieder breiter. Daraufhin begann der Weg zu verschwinden. Auf dem Boden lag vereinzelt verstreuter Sand. Schließlich verschwand der Weg komplett und wir rannten auf den Strand hinaus. Als ich den Kopf hob, sah ich den Himmel, die blasse Sonne und die Wellenbrecher. Ich sah Wellen und Wolken, die sich flach darüber ausbreiteten. Ich sah das Meer.

13

1. Das Wasser war kalt. 2. Das Wasser war immer noch kalt. 3. Das Wasser war immer noch kalt. Ich tauchte mit dem Kopf unter Wasser und streckte meine Beine aus. 4. Das Wasser war immer noch lauwarm. Ich streckte meine Arme wieder aus. 5. Das Wasser fing endlich an warm zu werden. Ich tauchte auf und wieder ab. Ich machte die Augen auf und streckte meine Arme aus. Ich sah Steine, die durchs Wasser hindurchschimmerten. Sie verschwanden immer mehr. Ich zog meine ausgestreckten Hände wieder ein. Auf einmal tauchten die Steine wieder direkt vor meinen Augen auf. Ich umschlang mit beiden Händen mein Gesicht. Ich spürte, wie eine Welle sanft gegen meinen Rücken stieß. Ich wartete. Ich wartete noch ein bisschen mehr.

Jetzt!

Ich streckte meinen Körper aus und die Sonnenstrahlen fielen auf meinen Körper herab. Ich sah den Himmel. Der Himmel hatte die Farbe einer gut gereiften Orange. B nahm mich an der Hand. B war so nass wie ein Fisch. Ich lachte. Pst! Die Welle kommt. Ich schaute in die Richtung, in die B zeigte. Sehr viel Wasser und auch jede Menge Schaum bahnte sich einen Weg in unsere Richtung. B starrte die Welle an und atmete tief aus. Ich nahm die Hände aus dem Wasser. Vom Blut war keine Spur mehr zu sehen. Meine Nase war immer noch ein wenig geschwollen und fühlte sich heiß an. B starrte weiterhin die Welle an. Die Vögel kreisten am Himmel über uns. Wir trieben mit unseren Köpfen über dem Wasser auf der Stelle. Jetzt, sagte B. Ich atmete tief ein. Eins, zwei. B hielt meine Hand fest in ihrer. Wir verschwanden wieder im Wasser.

14
Drei.

15
Menschen, die nicht mehr im Wasser spielen, nennt man Erwachsene. Erwachsene sind Menschen, die in der Stadt arbeiten. Erwachsene sind Menschen, die sich nicht mehr den Himmel anschauen. Erwachsene sind Menschen, die nicht mehr über Wolken und Sterne oder über Möwen und das Meer nachdenken.

Die Erwachsenen kommen jedes Wochenende mit einer Strohmatte und was zu essen an den Strand. Wegen ihrer Kinder. Sie sehen dabei immer total gelangweilt aus. Die weiblichen Erwachsenen haben alle einen riesigen Strohhut auf und schmieren sich einmal pro Stunde das Gesicht und die Arme mit Sonnencreme ein. Die männlichen Erwachsenen sitzen mit ausgestreckten Beinen da und lesen Zeitung. Und sie wiederholen immer wieder die gleichen Worte. Geh nicht zu weit weg! Geh nicht zu tief ins Wasser! Zu kalt! Zu heiß! Hör auf zu weinen! Zu laut! Sei ruhig! Halt still! Die genervten Erwachsenen sammeln sich dann immer, mit einer Dose Bier in der einen Hand und einer Zigarette in der anderen. Sie nörgeln und klopfen sich den Sand aus der Kleidung. Nachts machen sie ein Feuer und grillen Fleisch. Ab und zu gibt ein Betrunkener auch mal Wolfsgeheule von sich, rennt über den Strand und hinein ins Meer. Allerdings kommt er immer sofort wieder raus. Sie sehen gelangweilt aus. Was auch immer sie tun, sie sehen gelangweilt aus. Ein Gesicht, das vor lauter Langeweile zu Stein erstarrt ist, das ist der Gesichtsausdruck, den Erwachsene immer haben. Selbst wenn sie direkt vorm Meer stehen, denken sie doch an was ganz anderes. Ihr Kopf ist voll mit allem Möglichen.

Mir graut es jetzt schon vor dem Gedanken, dass auch ich eines Tages mal erwachsen werde.

16

Ich und B gingen jeden Dienstag ins Allein. Allein war der Name eines Cafés in der Innenstadt. Die Erwachsenen fanden den Namen lustig und seltsam. Aber ich und B fanden ihn toll. Wir fanden, es war ein ausgezeichneter Name, der überhaupt nicht in diese öde Nachbarschaft passte. Der Besitzer vom Allein kam ja auch aus Seoul. Der Besitzer vom Allein hatte immer eine coole Sonnenbrille auf, saß unter einem Sonnenschirm vor seinem Café und las ein Buch mit einem eleganten Titel. *Die Tragödie der heutigen Zivilisation*, *Der Untergang des Wall Street-Reichs*, so Bücher halt. Aus den Lautsprechern kam immer Musik, die sehr gut zu einer Küstenstadt wie unserer passte. B wollte dort arbeiten. Aber der Besitzer vom Allein hatte gesagt, dass B jetzt noch zu jung sei und dass er ihr in zwei Jahren Arbeit geben würde. Also wenn du in die Oberstufe kommst, hatte er gesagt. Deswegen konnte B es kaum erwarten, in die Oberstufe zu kommen. Ich will nicht in die Oberstufe kommen, hatte ich dann gesagt und B hatte darauf erwidert, dass sie mir dann kostenlos Kaffee geben würde. Du kannst dich doch dann unter den Sonnenschirm hier draußen setzen und deine Hausaufgaben machen. Ja, das wäre toll, hatte ich dann geantwortet. Daraufhin hatte B gelächelt und ich war froh, dass es wenigstens etwas Positives gab, wenn ich in die Oberstufe kam.

Der Grund, warum wir immer dienstags ins Allein gingen, war der, dass es jeden Dienstagmittag alle Getränke zum halben Preis gab. Da dienstagnachmittags immer keine Kunde kamen. Wenn niemand da war, bekamen wir ab und zu auch mal einen Orangensaft umsonst. Allerdings mochte B keinen Orangensaft. B sagte, sie wolle Kaffee trinken, auch wenn sie davon sterben müsse. Am Anfang hatte der Besitzer vom Allein gesagt, dass er uns keinen Kaffee verkaufe. Warum? Weil ihr noch zu jung seid. Was hat denn Kaffee mit jung sein zu tun?, fragte B dann immer. Daraufhin seufzte der Besitzer vom Allein und machte einen genervten und gleichzeitig resignierten Gesichtsausdruck. Fünf Minuten später sagte er dann immer, okay, ich gebe auf, und machte uns jeweils eine halbe Tasse Kaffee. Daraufhin sagte er jedes Mal, dass diesmal wirklich das letzte Mal sei, dass wir noch zu jung seien, um Kaffee zu trinken und dass wir wiederkommen sollen, sobald wir in der Oberstufe sind.

Wenn keine Gäste da waren, legten wir uns auf das alte, nach Kaffee und Zigaretten riechende blassgrüne Sofa und hörten Musik, die ausgezeichnet zu einer Küstenstadt passt, und fühlten uns ausgezeichnet. Und wir waren ja schließlich auch in einer Küstenstadt. In einem Wandschrank gab es jede Menge Bücher, und der Besitzer vom Allein stand gerade davor und suchte sich in aller Ruhe eins aus. In Momenten wie diesem sah der Besitzer vom Allein wirklich attraktiv aus, wie ein Millionär, oder auch wie ein Genie. Der hat das Café nur als ein Hobby, hörte ich eines Tages meine Mutter zu meinem Vater sagen. Es war abends und ich lag auf dem Sofa im Wohnzimmer. In Seoul soll er wohl als Lehrer oder so gearbeitet haben. Nein, ich habe gehört er hat Autos verkauft, sagte mein Vater. Ich glaube, er ist ein entfernter Verwandter von denen im Seoul-Reisebüro. Nein, also ich habe gehört, niemand hier würde ihn kennen. Quatsch, da ist doch der eine. Wer? Na, der. Ach so, der. Na ja, jedenfalls ist er seltsam. Geld scheint er ja zu haben. Echt? Ja, aber… An dieser Stelle war ich eingeschlafen. Ich wollte zwar wissen wie es weiterging, aber die Müdigkeit hatte gewonnen. So wie irgendwie immer.

Na ja, jedenfalls war der Besitzer vom Allein wirklich ein wenig seltsam. Genauso wie der Name seines Cafés. Allerdings machte ihn genau das auch berühmt. Eines Tages war ein Reporter aus Seoul gekommen, mit einer großen Kamera und einem kleinen, schmalen Computer. Er sagte, er arbeite für ein Reisemagazin. Er interviewte den Besitzer vom Allein und machte jede Menge Bilder von dem Laden, bevor er wieder verschwand. Einige Zeit später waren plötzlich jede Menge Menschen zu uns in die Stadt gekommen. Sie machten ein paar Bilder vom Strand, aßen im Einkaufszentrum, tranken einen Kaffee im Allein und fuhren wieder nach Hause. Oder sie tranken Kaffee im Allein, aßen im Restaurant Seoul, trieben sich nachts auf den Wellenbrechern herum und blieben über Nacht im Seoul-Motel. Plötzlich war der Besitzer vom Allein berühmt. Die Leute schauten sich in Ruhe die Bücher im Bücherregal an und tauschten sie mit Büchern aus, die sie mitgebracht hatten und nahmen die neuen mit. Nachdem sie eine Runde durch unsere Stadt gedreht hatten, sagten sie, ich hasse Seoul, ich möchte gerne an so einem Ort leben, und fragten nach den Wohnungspreisen in der Stadt. Obwohl sie niemand dazu aufforderte, versprachen sie, wenn sie noch ein wenig mehr Geld verdient hatten, hierherzukommen und hier zu leben. Natürlich kam keiner von ihnen zurück. Der Besitzer vom Allein konnte diese Leute nicht ausstehen. Zum Glück wurden es immer weniger und nach einigen Monaten waren sie ganz verschwunden. Davon abgesehen gab es eine weitere Person, die manchmal spät nachts ins Allein kam, mit einer schwarzen Plastiktüte voller Bücher in der Hand. Er stellte die Bücher aus seiner Tüte in das Regal, nahm sich die gleiche Menge an Büchern aus dem Regal heraus und verstaute sie in seiner Tüte, bevor er wieder ging. Das war Buch.

17

An meinem Geburtstag hatte ich B und Brille zu mir nach Hause eingeladen. Ich und Brille waren zwar nicht sonderlich gut befreundet, aber er war der einzige Junge in unserer Klasse, der mich nicht schlug oder beschimpfte. Deswegen mochte ich ihn. Ich hatte die Hoffnung, dass wir in Zukunft bessere Freunde werden würden. Meine Mutter hatte extra für uns Glasnudelsalat, mariniertes Fleisch und Kimbab gemacht. Da das zu viel für uns drei war, aßen meine Oma und meine Mutter mit uns zusammen. Als meine Oma jedoch sagte, sie wolle nichts außer Süßigkeiten essen, brachte uns das ein wenig in Verlegenheit. Nachdem Sie alles gegessen haben, gebe ich Ihnen ein Bonbon, sagte B. Aber dann bin ich so satt, dass ich kein Bonbon mehr essen kann, sagte meine Oma. Brille trug ein sehr feines T-Shirt und hatte in der einen Hand statt seinem Aufgabenbuch mein Geschenk. Das schien auch für ihn ungewohnt zu sein, denn er blickte unruhig hin und her. Weil ich kein Geld habe, konnte ich dir nichts kaufen, sagte B. Schon Okay, sagte ich. Stattdessen habe ich das hier. B holte ein klein gefaltetes weißes Papier aus ihrer Hosentasche und faltete es auseinander. Darauf war ein Pferd gemalt. Das Pferd war in Regenbogenfarben gemalt. Wow!, rief Brille. Hast du das gemalt? Ja. Das sieht wahnsinnig toll aus, sagte Brille und hatte dabei einen aufrichtigen Gesichtsausdruck. B wurde ganz rot im Gesicht. Echt? Ja!, rief ich. Ich wusste gar nicht, dass du so gut malen kannst, sagte meine Mutter. B wurde noch röter. Ich schaute mir das Bild genauer an. Das Pferd hatte seine schwarzen Haare zu zwei Zöpfen zusammengebunden. Das, erklärte B, habe ich gemacht, weil es dir sicher gut stehen würde, wenn du deine Haare so zusammenbinden würdest. Also bin ich das?, fragte ich. Ja, sagte B ein wenig verlegen. Danke. Ich umarmte sie. Danke, danke, danke. Brille stand in der Ecke und wusste nicht genau, was er machen sollte. Deswegen ließ ich B schnell wieder los. Brille streckte mir sein Geschenk entgegen. Mach's ruhig auf! Okay. Ich riss die Verpackung auf. Es war eine Tasse in der Form eines Fisches. Ach!, rief meine Mutter. Eine Tasse, die aussieht wie ein Fisch! Voll toll!, rief B. Seoul …, stotterte Brille. Die habe ich in Seoul gekauft. Die ist so hübsch!, rief ich. Ich wollte Brille auch umarmen, sah aber im letzten Moment den Gesichtsausdruck von B. Da es wahrscheinlich besser war, ihn nicht zu umarmen, machte ich einen Schritt zurück. Danke, sagte ich nochmal. Brille lächelte schüchtern.

Peinliche Stille,

dachte ich.

Wir begannen mit dem Essen. Anfangs war es noch ein wenig unangenehm, da aber alles super lecker war, hatten wir, als wir mit dem Essen fertig waren, sämtliche Hemmungen verloren. Brille erzählte Geschichten über Seoul und wir hörten alle zu. Ich spielte mit meiner neuen Tasse und B sagte, sie wolle auch so eine tolle Tasse haben. An deinem Geburtstag kaufe ich dir auch eine, sagte Brille. Wann hast du Geburtstag. Der ist schon vorbei, sagte B. Ihr Gesicht wurde duster. Aber, sagte Brille, nächstes Jahr kommt er doch wieder. Wahrscheinlich, sagte B. Brille nickte. Bs Gesicht wurde wieder fröhlicher.

Nach dem Essen beschlossen wir, einen Film im Kino zu sehen und verließen das Haus. Im Bus auf dem Weg zum Kino sagte Brille: Ich kann nicht gut malen ... Das ist okay. Dafür kannst du gut lernen, sagte B. Aber du hast doch im letzten Koreanisch-Test auch die volle Punktzahl erreicht. Daran erinnerst du dich? B war überrascht. Ja, ich habe ihn korrigiert, deinen Test, sagte Brille stolz. Natürlich zusammen mit unserer Lehrerin ... Aber da ich Klassensprecher bin ... Brille warf uns einen kurzen Blick zu. Weil du Klassensprecher bist, darfst du Tests korrigieren, oder? Ja. Nachdem B das gesagt hatte, schaute sie aus dem Fenster und begann, irgendein Lied vor sich hin zu summen. Brille ließ seinen Kopf hängen und knetete mit beiden Händen seine Knie. Peinliche Stille. Dachte ich.

Wir schauten uns einen Zeichentrickfilm mit einem Fisch als Hauptcharakter an. B hatte diesen Film unbedingt sehen wollen. Der Film war toll. Oh! Oh! Oh!, gab B in wichtigen Momenten immer von sich. Und Wow! war das Wort, das sie ausrief, kaum hatten wir das Kino verlassen.

Wow!,
rief auch ich.
Wo... Brille schaute plötzlich in unsere Richtung. Wir grinsten.
...w!
Da wir alle ziemlich aufgedreht waren, gingen wir ins Allein. Brille war ein wenig aufgeregt, da er zum ersten Mal hier war. Wobei, um ehrlich zu sein, er immer ein wenig aufgeregt zu sein schien. Außer natürlich, wenn er Aufgabenbücher löste.

Als wir ankamen, war selbstverständlich kein einziger Gast da. Als Geburtstagsgeschenk machte uns der Besitzer von Allein allen einen Kaffee mit Milch. Der schmeckte zwar kaum nach Kaffee, aber es war ausreichend, um unsere Augen leuchten zu lassen. Kurz darauf waren wir aufgedreht und wiederum kurz darauf hatten wir auch diesen Zustand überschritten. Um den Zustand genauer zu beschreiben: Brille hatte seine Brille ausgezogen. Und B hatte angefangen zu singen. Wir rissen unsere Münder weit auf und schüttelten unsere Fäuste im Takt. Aus den Lautsprechern kam kubanische Musik. Wir sch, sch, schüttelten unsere Köpfe. Der Besitzer sah uns dabei zu und lachte, als hätte auch er jede Menge Spaß. Die Sonne fing langsam an unterzugehen. Aber in unseren Herzen war es immer noch helllichter Tag. Ich rief,
Warum können die Jungs mich nicht ausstehen?

Brille hörte abrupt auf sich zu bewegen. B sagte, Was?

Warum können die Jungs mich nicht ausstehen? Warum schlagen und beschimpfen sie mich?,

sagte ich mit sehr lauter Stimme.

Was ist mit dir? Hasst du mich auch?, fragte ich an Brille gewandt.

Brille suchte den Tisch nach seiner Brille ab.

Ich …

Er setzte zögernd seine Brille auf. Seine Augen leuchteten jetzt nicht mehr.

Ich … Brille schaute abwechselnd mich und B an. Ich …

Dann sagte er ganz leise,

Ich hasse dich nicht.

Wirklich?

Ja, ich hasse niemanden, sagte er etwas lauter.

Warum?, fragte B.

Ähm … Das ist so …

Brille sah aus, als müsste er gleich weinen.

Aber er unterdrückte die Tränen und antwortete.

Es ist böse, andere Menschen zu hassen.

Wer sagt das?, fragte B.

Das steht doch in unserem Schulbuch.

Das habe ich nie gelesen, deswegen wusste ich das auch nicht, sagte B.

Ich auch nicht, sagte auch ich.

So steht's da drin, sagte Brille.

Echt?, fragte ich.
Brille nickte.
Aha, sagte B nickend.
Aha, sagte auch ich nickend.
Ja, sagte Brille und nickte wieder.

18
Was ein Glück. Dass ich an meinem Geburtstag mit Menschen zusammen war, die mich nicht hassen.

19
Allerdings ist das gelogen. Aber tun wir mal so, als würden wir es glauben, da es sich gut anhört.

20
Es war toll.

21
Es passierte im Schreibunterricht. Das Thema war Freunde. Ich schrieb über B. Ich mag B. Ich mag B, die an einem Ort ohne Namen wohnt. Ich mag B, die arm ist. Ich mag B, die kein Geld hat. Ich mag B, die einen kranken kleinen Bruder hat. Als ich mit dem Vorlesen an dieser Stelle angekommen war, war

B aufgestanden, hatte den Klassenraum durchquert, die Tür geöffnet und war hinausgegangen. Es wurde laut um mich herum. Aus irgendeinem Grund hatten die lärmenden Kinder alle den gleichen Gesichtsausdruck wie die Jungs, die kamen, um mich zu verprügeln. Aus irgendeinem Grund war das Gesicht der Lehrerin ganz rot. Die Lehrerin kam mit ihrem hochroten Kopf auf mich zu. Der Klassenraum wurde so still wie das Innere einer Rakete. Die Lehrerin versetzte mir eine Ohrfeige. Danach zerriss sie das Blatt, das ich die ganze Zeit in der Hand gehalten hatte. Ich konnte nicht weinen. Da ich nicht wusste, warum. Da niemand mir sagte, warum. Die Schüler, die mich anstarrten, waren alle wie ein komplett leeres Blatt Papier. Mein nicht weinendes Gesicht sah komplett normal aus. Brille verzog sein Gesicht und schob seine Brille hoch. Alle waren gleich. Sie alle beschimpften mich leise. Ich wurde zornig. Warum tun alle so, als hätte ich etwas Schlimmes getan. Ich habe lediglich die Wahrheit gesagt. Die Lehrerin ging zum Lehrerpult. Ich stand auf. Setz dich hin!, sagte die Lehrerin. Ich setzte mich nicht. Ich habe gesagt, du sollst dich hinsetzen!, schrie die Lehrerin. Ich ging zur Tür. Was glaubst du eigentlich, wohin du gehst? Ich öffnete die Tür. Wag es nicht, rauszugehen. Ich ging raus. Es war alles zu einfach. Solche Dinge. Etwas zu tun, was man nicht tun soll. Das war immer viel zu einfach. Genau deswegen habe ich es auch getan.

Ich dachte, vielleicht würde sich irgendetwas ändern, aber alles blieb genauso, wie es war.

22

So kam es dazu, dass ich und B nichts mehr zusammen unternahmen. Ich ging allein ans Meer und ich ging auch allein ins Allein. B aß alleine ihr Mittagessen und in jeder Pause rannte sie rundenweise um den Sportplatz. Während B um den Sportplatz rannte, wurde ich von den Jungs auf dem Sportplatz verprügelt. Nun half mir niemand mehr, wenn sie mich schlugen. Ich musste ausharren, bis alles vorbei war, und dann alleine wieder aufstehen. Eines Tages fing B dann an, mit den Jungs zusammen Mittag zu essen. Die Jungs, die mich schlugen. Ich aß alleine und beobachtete dabei B, die mit den Jungs, die mich schlugen, zusammen zu Mittag aß. B tat dann immer so, als würde sie es nicht bemerken und strich sich die Haare hinter die Ohren. Alle anderen Kinder mieden mich noch mehr als vorher. Nur Brille ging mir weder aus dem Weg, noch ging er auf mich zu. Ich hielt mich immer in seiner Nähe auf.

Boah, ist das ein anstrengender Frühling, dachte ich.

Brille aß immer mit dem Vize-Klassensprecher zusammen zu Mittag. Neben dem Vize-Klassensprecher saß immer Himmel. Himmel war es letztes Jahr so ergangen wie mir jetzt. Aber jetzt war sie in Ordnung. Da ich ja da war. Da ich jetzt an ihrer Stelle leiden musste. Vielleicht war es dann ja sogar eine gute Tat ihr gegenüber. Dachte ich, während ich vorsichtig die Wunden auf meinen aufgeschürften Armen betastete. Aber Himmel kam mir unter keinen Umständen näher. Sie sprach unter keinen Umständen mit mir. Sie sah mir nicht mal in die Augen. Als Brille beim Essen mit dem Vize-Klassensprecher über die durchschnittlichen Mathenoten in unserer Klasse sprach, saß ich ihm gegenüber und nickte wie ein Gespenst mit dem Kopf. Ich schaute Brille an. Der Vize-Klassensprecher schaute auch Brille an. Brille schaute den Vize-Klassensprecher an. Himmel schaute auch den Vize-Klassensprecher an. Und ich war ein unsichtbares Gespenst. Aber ich war trotzdem dankbar, da Brille nicht sagte, Entschuldige, aber bei uns ist leider kein Platz für dich, um zu essen. In dem Moment ging die Tür auf und Himmel fing an zu zittern. Die Jungs waren gekommen. Die Jungs, die mich schlugen, waren gekommen. Sie hatten immer und überall Mützen auf. Auf ihren Mützen stand immer etwas wie Tokyo, Washington, London oder Shanghai. Und sie hatten alle immer das gleiche T-Shirt an. Darauf stand immer ‚Baseball‘ geschrieben. Der Junge, auf dessen Mütze Shanghai geschrieben stand, stieß mir unauffällig gegen die Schulter. Ich fiel, den Löffel immer noch in der Hand haltend, zu Boden. Ein anderer Junge leerte mein Tablett samt

Essen über meinem Kopf aus. Gebratener Reis mit Gemüse und Würstchen lief an meiner Backe herunter. Ich kauerte mich komplett zusammen. Oje, was ein Frühling. Dachte ich.

23
An einigen Tagen gehe ich in die Schule.
An einigen Tagen gehe ich nicht.

24
Auf dem Weg nach Hause war meine Nase geschwollen, genauso wie gestern. Meine Hand war aufgeschürft, genauso wie gestern. Meine Bluse war dreckig, genauso wie gestern. Auf meinem Rucksack waren Fußabdrücke zu sehen, genauso wie gestern. Meine Socken waren voller Schlamm, genauso wie gestern. Und ich war wütend, genauso wie gestern. Ja, ich war wütend. Sehr, extrem, total, wirklich, wirklich sehr wütend.

Warum, weiß ich auch nicht.

Ich blinzelte. Mir liefen die Tränen.

Ich wischte sie nicht weg. Ich ließ sie einfach weiterlaufen.

Vor mir sah ich Teigtasche. Teigtasche war der Name einer Imbissbude, in der es Reiskuchen in scharfer Soße gab. Ich war oft zusammen mit B dort gewesen. Da B kein Geld hat, konnte ich ihr dort immer was ausgeben. Deswegen mochte ich es, dass B arm ist. Weil sie arm ist, kann ich ihr jeden Tag Reiskuchen kaufen. Und ich mag sie, also mag ich es auch, ihr etwas zu kaufen. Wenn B reich wäre, hätte sie mir sicherlich an meinem Geburtstag nicht so etwas Tolles wie ein regenbogenfarbenes Pferd gemalt. Natürlich hatte ich mich auch sehr über die Fischtasse von Brille gefreut. Allerdings wurde die von einer Fabrik in China hergestellt und das regenbogenfarbene Pferd hatte B gemalt. Natürlich mochte ich das regenbogenfarbene Pferd noch mehr. Auch wenn es mir Brille gegenüber leidtat, aber ich konnte nichts dagegen tun. Außerdem war eine Nachbarschaft ohne Namen doch viel toller als eine Hochhaussiedlung mit einem Namen. Da sie noch keinen Namen hat, kann ich ihr sogar einen geben. Ich könnte die Gegend, in der B wohnt, B nennen. Wo wohnen Sie? Äh, ich wohne in der Shindonga Hochhaussiedlung Nr. 3 zu antworten, war doch total witzlos. Brille wohnt dort. Immer wenn Erwachsene das hören, sagen sie, ach, Sie wohnen aber in einer tollen Gegend. Da die Shindonga Hochhaussiedlung Nr. 3, im Gegensatz zu Nr. 1 und Nr. 2, noch größer, neuer und deswegen auch teurer ist. Aber ich finde es langweilig, wenn andere wissen, wie groß das Haus ist oder wie teuer meine Tapete war. Ich finde es langweilig, wenn man sich für gar nichts interessiert. Ich finde Langeweile langweilig. Ich mag so was nicht.

Ich sah bereits die Shindonga Hochhaussiedlung. Dann war es auch nicht mehr weit bis zum Allein. Ich verstehe echt nicht, warum B plötzlich so sauer auf mich war. Ach, übrigens ist die Shindonga Hochhaussiedlung
wirk
lich
häss
lich.
Ich lief an der Hochhaussiedlung und auch am Allein vorbei. Ich lief vorbei am HaHaHa-Karaoke und am Kiosk. Trotzdem war ich noch total sauer. Auch das war genauso wie gestern. Aber ich war nicht sauer, weil meine aufgeschürften Knie wehtaten. Warum ich dann sauer war? Das weiß ich auch nicht so genau. Auch das war genauso wie gestern. Auch, dass ich zum Meer lief, war genauso wie gestern. Meine verletzte Hand und auch die Tatsache, dass B nicht an meiner Seite war, war genauso wie gestern. Alles war gleich. Außerdem bekam ich langsam
Angst.
Viel Angst, um ehrlich zu sein. Sehr viel. Auch das war genauso wie gestern. Dass ich Angst bekam. Dass meine Haare nach meinem Mittagessen rochen. Bis wann geht das so weiter? Bis wann muss ich immer wieder den gleichen Tag über mich ergehen lassen?
Wer weiß, vielleicht ja sogar für immer.

Ich hielt an und schaute nach vorne. Nichts war anders als gestern. Ich schaute zurück. Dasselbe.
Alles gleich.
Ja.
Ich habe Angst,
murmelte ich. Sehr, sehr viel.
Ich schlang meine Arme um meinen zitternden Körper und fing an zu weinen. Wie ein Sommerregen hörten meine Tränen nicht mehr auf zu fallen. Ich setzte mich auf den Boden. Nachdem ich eine ganze Weile geweint hatte, schaute ich wieder vor mich und sah einen breiten Weg. Am Ende des Wegs stiegen jede Menge weiße Wolken auf. Unter den Wolken war eine Fabrik sichtbar. Man sah weißen Rauch aus dem Schornstein der Fabrik aufsteigen. Ich war noch nie dort gewesen. Wenn ich dorthin gehe, könnte sich vielleicht also etwas ändern. Ja, es kann sich etwas ändern. Also sollte ich gehen.
Ich werde zur Fabrik gehen.

25

B lebte nicht in der Stadt. Aber sie lebte auch nicht in Ende. Sie lebte dazwischen. Zwischen der Stadt und Ende, zwischen der Fabrik und der Stadt, zwischen Ende und der Fabrik. Dort war weder die Stadt noch Ende noch die Fabrik, deswegen hatte dieser Ort auch keinen Namen. Die Menschen dort lebten mit dem

Rücken zur Stadt, blickten auf Ende und waren dem Gestank der Fabrik ausgesetzt. Wenn man den Kopf drehte, sah man überall nur Ende. Das war alles, was man sah.

Von Bs Haus aus konnte man den Schornstein der Fabrik sehen. Vor allem die Menschen, die gerade auf einer schmalen Leiter den Schornstein emporkletterten, waren besonders gut sichtbar. Sie alle hatten rote Stirnbänder um ihren Kopf gewickelt. Auch auf ihrem Rücken und ihrem Bauch standen rote Buchstaben geschrieben und von diesen Buchstaben tropfte Blut herab. Das herabtropfende Blut färbte langsam ihre Hosen. All das konnten wir von Bs Fenster aus sehen. Die roten Buchstaben bildeten die Worte „Mit aller Macht verhindern". Verhindern? Was denn verhindern?, fragte B. Ich lachte. Ich lachte so kindlich und naiv wie ein Schüler aus der Mittelstufe. Auf dem Schornstein hielten sich die Menschen, die mittlerweile alle an den Schornstein gekettet waren, gegenseitig fest. Jedes Mal, wenn sie sich bewegten, gaben sie rasselnde Geräusche von sich. Ein Helikopter kreiste wie eine Möwe am Himmel über ihnen. Als plötzlich ein besonders heftiger Windstoß kam, verlor einer von ihnen den Halt. Mit einem Fuß angekettet, fing er an zu taumeln. Rettet ihn!, riefen die anderen. Genau dazu passend ertönte eine Lautsprecherdurchsage. Lösen Sie die Blockade auf! Wir hielten blinzelnd unseren Atem an. In der Ferne rückten schwarzgekleidete Männer mit Knüppeln an. Dahinter sah man Menschen, die Schilder hochhielten. Und Polizisten. Sie alle verdeckten den Eingang wie ein schwarzes Meer bei Nacht. Das Tor blieb fest verschlossen. Plötzlich fingen die Leute mit den Schildern an, am Zaun hochzuklettern. Möwen kamen angeflogen. Die Polizisten kamen näher, wie eine wogende Welle. Das ist gefährlich. Treten Sie zurück!, kam es aus den Lautsprechern. Dieser Streik verstößt gegen das Gesetz. In der Ferne sah man einen großen Bus den Hügel hinaufkommen. Die Menschen mit den Schildern und die Polizisten leisteten sich gegenseitig eine Schlacht am Zaun. Ein spitzer Schrei durchstieß die Luft. Das Geräusch von etwas, das hart auf dem Boden aufschlägt, ertönte. Wir schauten zum Schornstein hinauf, aber die Person, die dort gehangen hatte, war verschwunden. Nur die leere Kette war noch übrig. Die anderen Menschen auf dem Schornstein hatten angefangen zu weinen. Der Bus, der den Hügel hinaufgekommen war, hielt vor dem östlichen Eisentor an. Das Tor öffnete sich. Die Menschen aus dem Bus strömten durch das offene Tor hinein. Auf ihrer Kleidung war der Name der Fabrik angebracht. Innerhalb weniger Augenblicke waren alle in der Fabrik verschwunden und das Tor wurde wieder geschlossen. Währenddessen waren die Polizisten und die Menschen mit den Schildern immer noch damit beschäftigt, sich am Haupttor gegenseitig die Köpfe einzuschlagen.

26

Warum hat sich deine Mutter eigentlich nicht an den Schornstein gekettet?

Sie wurde doch nicht entlassen.

27

Riesige Trucks wirbelten Staub auf, als sie an mir vorbeifuhren. Sowohl die Menschen als auch die Häuser, ich ließ die gesamte Stadt immer weiter hinter mir. Dann tauchten neue Menschen und neue Häuser auf. Währenddessen ließ ich weitere Dinge in der Ferne hinter mir. Nach einiger Zeit gabelte sich der Weg vor mir. Ich blieb stehen und blickte hinter mich. Ich konnte die Stadt erkennen. Nein, Moment. Ich war immer noch in der Stadt. Der rechte Weg führte zur Fabrik. Den linken Weg kannte ich nicht. Ich überlegte eine Weile und entschied mich dann für den linken Weg. Anstatt Menschen und Häuser tauchten nun vertrocknete Gräser, vereinzelte Blumen und mit Staub bedeckter Müll auf. Der Himmel hing tief und war mit grauen Wolken bedeckt. In der Ferne sah ich die Fabrik. Aus dem Schornstein stieg ununterbrochen weißer Rauch auf. Die Straße gabelte sich erneut. Diesmal entschied ich mich für den rechten Weg. Dieser wurde immer schmaler und links und rechts davon sprießten kleinere Wege ab. Ich wechselte spontan die Richtung. Hier und da waren heruntergekommene

Häuser zu sehen. Während ich weiterlief, vermehrten sie sich und bald bedeckten sie den kompletten Wegesrand. Irgendwo hatte ich diese Häuser schon einmal gesehen. In irgendeinem Film. In einer Szene, in der eine Frau im Kimono eine enge Straße voller zweistöckiger Gebäude entlangläuft. Im Film war die Straße sehr schön gewesen. Aber obwohl diese Straße genauso aussah wie die aus dem Film, so war sie doch kein bisschen schön. Die Straße war zwischen den Häusern so eng, dass ich das Gefühl hatte mit meinen Schultern an die Hauswände zu stoßen. Die Straße war so gebogen, dass ich das Gefühl hatte, umzufallen. Der Wind hörte plötzlich auf zu wehen und die Sonne war verschwunden. Die kleinen Fenster, die sichtbar waren, waren alle zersplittert oder mit Wäsche zugehängt. Jedoch sah die Wäsche nicht so aus, als wäre sie frisch gewaschen, sondern eher so, als müsste sie dringend gewaschen werden. Hier und da sah man Menschen, die in verkrümmter Haltung fauligen Atem ausstießen. Und sie starrten mich mit einem unguten Gesichtsausdruck an. Da sie alle so schlecht aussahen, sah ich plötzlich richtiggehend gut aus. Da ihre Kleidung so alt und dreckig war, sah meine Kleidung plötzlich richtig sauber aus. Ich hob den Kopf und sah, wie Kinder mich aus den Fenstern heraus beobachten. Es war okay. Da sie nicht so aussahen, als wollten sie mich verprügeln. Was ein Glück. Aber ich schritt immer schneller aus. Es war mir ein wenig peinlich. Ich wusste nicht, warum, aber es war so. Als rechts ein Weg abzweigte, schlug ich diesen ein. Aber hier sah es genauso aus. Ich wechselte ein paar Mal die Richtung, aber befand mich immer noch am selben Ort. Nein, es wurde sogar schlimmer. Der Himmel wurde dunkel, als hätte jemand eine dicke Decke darüber gehängt. Auf der Straße roch es nach sterbender Großmutter. Die Menschen, die auf der Straße lagen, japsten jetzt sogar richtig nach Luft. Ich schaute zurück. Nichts außer gleich aussehenden Häusern. Eins nach dem anderen. Heruntergekommene, zweistöckige Häuser. Sonst nichts. Ich fing an zu schwitzen. Ich hatte Angst. Das war mir peinlich. Also bekam ich noch mehr Angst. Aber vor was eigentlich? Mir wurde übel von dem Geruch, der durch meine Nase und meinen Mund in mich eindrang. Ich wollte den Himmel sehen. Aber da war nichts. Alles war schwarz. So schwarz.

28

Wäre ich doch bloß ans Meer gegangen. Hätte ich doch bloß die Möwen betrachtet. Hätte ich mir doch bloß im Supermarkt ein Eis geholt. Hätte ich mich doch bloß einfach an den Strand gesetzt. Wäre ich doch bloß ins Einkaufszentrum gegangen. Wäre ich doch bloß mit dem Aufzug gefahren. Hätte ich doch bloß einen Film geguckt. Wäre ich doch bloß ins Allein gegangen. Nein, wäre ich doch bloß nach Hause gegangen. Wäre ich doch bloß einen Weg gegangen, den ich kenne. Ja, wäre ich doch bloß einen Weg gegangen, den ich kenne.

29

Es war, als hätte ich einen besonders schlimmen Albtraum. Aber der Traum schien einfach nicht enden zu wollen. Der Himmel schien dauerhaft dunkel wie die Nacht zu sein. Die Häuser schienen sich bis ans Ende der Welt aneinanderzureihen. Der Weg schien kein Ende zu haben. Endlich wusste ich es. Dass ich in Ende war. Ich erinnerte mich plötzlich wieder daran, was meine Großmutter mir erzählt hatte. Ich gab auf und schloss die Augen. Hinter meinen Augenlidern sammelten sich die Tränen. Ich musste an meine Mutter denken. B, Großmutter, Vater, Brille … Ich fing leise an zu weinen. Nachdem ich eine ganze Weile geweint hatte, hörte ich ein leises Geräusch. Ich öffnete die Augen und schaute nach vorne. Dort kam etwas aus der Ferne auf mich zu. Es war ein riesiger Fisch. Sein ganzer Körper war mit lilafarbenen Schuppen bedeckt und jedes Mal, wenn er seine Flossen bewegte, strahlte Licht wellenartig von ihm ab. Schön. Dachte ich. Der Fisch kam langsam immer näher und auch das Licht wurde immer heller. Der Fisch blieb vor meiner Brust stehen. Seine Augen glänzten, als würde er weinen. Ich streckte meine Hand aus und berührte seine Flosse. Sie war eiskalt. Der Fisch blinzelte. Daraufhin floss eine Träne aus seinem Auge. Er fing wieder an, sich zu bewegen. Ich rührte mich nicht. Der Fisch ging langsam durch meinen Körper durch. Ich schloss die Augen.

Nur ganz kurz.

Ich machte die Augen wieder auf.

Der Fisch war verschwunden.

Ich spürte, wie die Luft um mich herum immer kälter wurde. Das widerliche laue Gefühl und die Dunkelheit verschwanden langsam. Ich lief los. Die Häuser verschwanden nach und nach wieder und abgestorbene Bäume und Müll nahmen deren Platz ein. Die Angst verschwand. Natürlich war ich immer noch in Ende. Aber jetzt hatte ich das Gefühl, dass es in Ordnung war. Ja, das dachte ich. Und am Ende des Weges entdeckte ich eine Treppe.

Es war eine besonders alte Steintreppe. Um die Treppe herum waren eingestürzte Steinmauern und jede Menge Unkraut. Die Treppe führte zu einem Ort, der so hoch lag, dass ich das Ende der Treppe nicht erkennen konnte. Ich begann die Stufen hinaufzusteigen. Ich wusste immer noch nicht, wo ich war oder wohin die Treppe eigentlich führte. Aber das war egal. Meine Schritte wurden immer schneller. Nachdem ich ein ganzes Stück weit hinaufgeklettert war, sah ich auf der rechten Seite die Fabrik. Sie war bedeckt mit weißem Rauch. Auf der linken Seite waren die Treppenstufen, die ich hinaufgekommen war, Müll und Ende. Das war nun alles so klein, dass ich es auf einen Blick sehen konnte.

Nach einer ganzen Weile tauchten auf beiden Seiten der Treppe immer mehr riesige Bäume auf, die sich am Ende zu einem Wald verdichteten. Die Treppe führte immer weiter hinauf. Ich war hungrig. Meine Beine taten weh und ich machte mir Gedanken über den Heimweg. Wenn meine Mutter mich fragen würde, wo ich die ganze Zeit gewesen war, sollte ich besser lügen und sagen, dass ich mit B unterwegs war. Aber dafür musste ich erst einmal zurückkommen. In Zukunft sollte ich nur noch Wege gehen, die ich auch kenne. Wenn ich denn jemals nach Hause finde. Ich musste wieder ein wenig weinen.

Jedes Mal, wenn der Wind blies, raschelten die Blätter und tanzten zusammen im Licht. Der Wind roch nach frischen Bäumen und nach Meer. Nach Meer? Ah! Jetzt erinnerte ich mich. Ich war also dabei, den Hügel im Norden hinaufzuklettern. Ich stieß einen leisen Freudenschrei aus.

Die Treppe war zu Ende.

Statt Treppenstufen erstreckte sich nun vor mir eine vom Wald umschlossene kleine Wiese. Ich überquerte die Wiese und trat zwischen die Bäume. Diesmal verschwand der Wald. Also ganz plötzlich. All die Bäume versteckten sich auf einmal hinter meinem

Rücken. Wie durch Zauberei. Oder eher, als wäre ich plötzlich aus einer Trance erwacht. Und der Himmel kehrte zurück. Ich musste fast schon wieder weinen. Weil ich so froh war, den Himmel wieder zu sehen. Lieber Himmel. Lange nicht gesehen. Begrüßte ich ihn. Und der Himmel grüßte zurück. Seine Antwort war ein noch gleißenderer Sonnenschein. Vor lauter Freude streckte ich meinen Körper lang wie eine Erdbeerranke. Unter dem Himmel war eine Wiese, die im Sonnenschein grün leuchtete. Die Wiese erstreckte sich bis zur Felsküste. Und die Felsküste erstreckte sich bis zu den Wolken. Und auf der anderen Seite all dieser Dinge war das Meer.

Ich rannte.

Liebes Meer, schön dich zu sehen. Es ist so lange her.

Liebe Möwen, schön auch euch zu sehen. Lange ist's her.

Auch schön euch zu sehen, liebe Wolken.

So schön. So schön euch alle zu sehen.

Schö…

In diesem Moment fiel mir ein viereckiger Kasten am Ende der Wiese auf. Der Kasten war unter einem besonders großen Baum und hatte die Größe eines kleinen Hauses. Oder halt, es war wirklich ein Haus. Aus einer Tür kam ein Mensch heraus. Er hatte schwarze Kleidung an und hielt eine schwarze Plastiktüte in der Hand.

Ich riss die Augen auf und trat einen Schritt zurück.

Die andere Person riss ebenfalls ihre Augen auf und trat einen Schritt zurück.

Es war Buch.

30

Ich machte ein paar Schritte auf ihn zu.

Er machte ein paar Schritte zurück.

Du bist doch Buch, oder?

Er antwortete nicht. Er sah ein wenig verlegen aus, und scheinbar war er auch ein ganzes Stück jünger, als ich ursprünglich gedacht hatte. Ohne seinen Bart könnte er als Student durchgehen.

Du bist Buch, oder?,

fragte ich erneut.

Ja,

antwortete er. Er steckte beide Hände in die Hosentaschen und schaute mir mit einem arroganten Gesichtsausdruck entgegen. Die schwarze Plastiktüte an seinem linken Arm raschelte.

Wie bist du hierhergekommen?

Ähm ... das war so ...

Buch kratzte sich am Hals und gähnte.

So ein Mist. Ausgerechnet dann, wenn es Zeit für meinen Mittagsschlaf ist. Verdammt.

Entschuldigung.

Schon okay. Es ist ja ziemlich offensichtlich, dass du dich verirrt hast.

Ich nickte.

Ich verstehe es nicht. Warum musstest du ausgerechnet in diese Richtung laufen und dich verirren. Das hast du doch bestimmt mit Absicht gemacht, oder? Jedes Jahr gibt es ein oder zwei so Gören wie dich. Sie haben immer jede Menge Dreck im Gesicht und weinen. Aber du nicht. Nicht schlecht, sagte Buch und nickte dabei mit scheinbar echtem Respekt.

Ich habe dich schon mal gesehen.

Ich habe dich auch schon mal gesehen.

Im Allein?

Nein, an den Wellenbrechern.

Du gehst auch zu den Wellenbrechern?

Warum nicht? Ich kann doch gehen, wohin ich will.

Ich antwortete nicht.

Du hast ordentlich was eingesteckt, von den Jungs mit den Baseballmützen, richtig?

Ich blieb weiterhin still.

Warum? Willst du es nicht erzählen? Ist es dir peinlich? Haha. Das muss dir nicht peinlich sein. Wir Menschen sind an sich schon peinliche Wesen.

Warum hast du mir nicht geholfen?

Was?

Du hast doch gesagt, dass du es gesehen hast. Warum hast du mir dann nicht geholfen?

Buch wurde verlegen.

Äh, weil …

Wenn man so etwas sieht, sollte man helfen.

Buch brachte kein Wort heraus.

Sag was!

Buch ließ den Kopf hängen.

Sorry. So weit habe ich gar nicht nachgedacht. Wenn es noch mal passiert, dann helfe ich dir auf jeden Fall.

Das solltest du auch.

Aber sag mal, gehst du nicht nach Hause?

Doch, aber sag du mal, ist das da unten Ende?

Welches Ende?

Na, Ende eben.

Was ist das?

Der Ort, an den Leute gehen, wenn es mit ihnen zu Ende geht.

Kenn ich nicht.

Okay.

Aber warum heißt der Ort Ende? Was für ein pessimistischer Name.

Sagte Buch und lachte leise in sich hinein. Dabei sah er aus wie ein Bösewicht aus einem Comic oder so. Aber kaum hatte er aufgehört zu lachen, sah er wieder aus wie ein Student.

Wie viel Uhr ist es?

Keine Ahnung. Warte einen Moment. Ich werde auf die Uhr schauen, sagte Buch und ging ins Haus hinein. Ich lief auch in die Richtung.

Halb fünf!,
rief er.

Die Sonne wird bald untergehen. Mach besser, dass du nach Hause kommst.

Nein.

Warum?

Ich habe Hunger.

Was soll das heißen?

Das soll heißen, dass ich Hunger habe.

Willst du mir damit etwa sagen, dass ich dir was zu essen geben soll?

Ja.

Er schien ziemlich überrascht.

Warum bist du denn so überrascht?

Du bist ein ganz schön unberechenbares Wesen, sagte er und fing wieder an zu lachen.

Zum Glück habe ich ein wenig zu essen da, aber …

Aber was?

Schon okay, belassen wir es dabei,
sagte er und verschränkte seine Arme.

Soll das denn jetzt heißen, dass du mir was zu essen gibst oder nicht?

Buch starrte mich an. Ich setzte einen bemitleidenswerten Gesichtsausdruck auf.

So ein Mist,
sagte er und seufzte.

Wir gingen gemeinsam ins Haus. Das Haus von Buch machte seinem Namen wirklich alle Ehre. Alles vom Boden bis zur Decke war voll mit allerlei Büchern. Romane, Comics, Kochbücher, Geschichtsbücher, Kinderbücher, wissenschaftliche Bücher, Bibeln, Musiknoten, Kunstbücher, sogar Schulbücher für die Mittelstufe. Mit denen hatten wir auch letztes Jahr in der Schule gearbeitet.

Setz dich einfach hin, wo Platz ist.

Sagte er und räumte eine Fläche auf dem Boden frei, auf die ich mich setzte.

Buch füllte Wasser in einen Kessel und setzte ihn auf den Herd. Ich schaute ihm geistesabwesend dabei zu, als er sich umdrehte und sich unsere Blicke trafen.

Warum?

Was?

Warum starrst du mich so an?

Ich habe doch gar nichts gemacht. Aber sag mal, sind das alles deine Bücher?

Ja. Magst du Nudelsuppe?

Ja, ich mag Nudelsuppe gerne.

Er lachte.

Kinder lieben Nudelsuppe.

Ich nahm mir irgendein Comic-Buch.

Ähm …

Ja?

Warum lebst du eigentlich hier?

Weil ich es will.

Das ist alles?

Buch sah mich an. Sein Blick war tiefgründig und durchdringend.

Was ich damit sagen wollte, ist, dass das kein Grund ist.

Ich mag die Stadt nicht. Er schüttelte den Kopf. Nein, ich sollte eher sagen, dass ich Menschen nicht mag.

Warum?

Magst du die Stadt?

Keine Ahnung. Darüber habe ich mir nie wirklich Gedanken gemacht.

Aber bitte sag niemandem, dass du mich heute hier gesehen hast. Dass ich hier wohne, ist ein Geheimnis.

Warum?

Wenn die von der Stadtverwaltung Wind bekommen, dass ich hier lebe, reißen sie die Bude am Ende noch ab.

Was bedeutet abreißen?

Rausjagen. Tun sie mich. Hier.

Aber es wissen doch eh schon alle, dass du hier wohnst.

Nee, die denken doch alle, ich wohne da unten und nicht hier oben.

In Ende?

Was weiß ich.

Buch runzelte wiederholt seine Stirn und stellte als Beilage Kimchi auf den Tisch.

Ich nahm mir sofort ein Stück und steckte es mir in den Mund.

Lecker, der Kimchi.

Den habe ich im Supermarkt gekauft.

Aha.

Aber sag mal, wie willst du eigentlich nach Hause kommen? Die Sonne geht bereits unter, beziehungsweise eigentlich ist sie schon so gut wie untergegangen.

Buch stellte mir den Becher mit Nudelsuppe hin und ging hinaus. Ich öffnete den Deckel. Ein leckerer Geruch stieg mir in die Nase. Mein Magen schrie förmlich nach Essen. Deswegen nahm ich sofort mit den Stäbchen eine ordentliche Portion Nudeln auf und als ich sie mir gerade in den Mund steckte ... hielt ich wie erstarrt inne. Vor der halb geöffneten Tür spielte sich eine Szene ab, wie aus einem Traum. Es war der Abendhimmel. Ich ging nach draußen, mit der Nudelsuppe in der Hand. Der rotgefärbte Himmel sah aus wie ein Meer aus braungoldenem Schwarztee. Schön, sagte ich. Das stimmte mich seltsamerweise traurig. Ich schloss die Augen. Dann zählte ich bis zehn und öffnete sie wieder. Vor meinen Augen breitete sich immer noch ein Meer aus schwarzem Tee aus. Ich schaute hinter mich. Das Haus leuchtete ebenfalls in der Farbe von schwarzem Tee. Buchs Haare strahlten ebenfalls in der Farbe von schwarzem Tee. Buchs Zigarette glühte ebenfalls in der Farbe von schwarzem Tee. Der schwarzteefarbene Zigarettenrauch stieg in den schwarzteefarbenen Himmel hinauf.

Ich will nicht nach Hause,

dachte ich. Und aß langsam meine Nudelsuppe.

Mein kleiner Bruder

Immer, wenn ich mich umschaue, ist niemand da.
Alle weichen mir aus.
Was für andere so einfach ist, ist für mich so unglaublich schwierig.
Das Zusammensein mit anderen, meine ich.

1
Ich habe einen kleinen Bruder.
Das war's.

2
Ich hasse meinen kleinen Bruder. Was das angeht, habe ich so einiges zu sagen. Aber ich habe keine Lust, jetzt darüber zu reden.

3
Ich habe keine Freunde. Wobei, nein. Ich hatte eine Freundin. Ihr Name ist Rang.
Rang hatte mich gemocht. Ich hatte sie auch gemocht. Deswegen hatten wir jeden Tag zusammen gespielt. Es hat immer sehr viel Spaß gemacht. Ich habe ihre Hand gehalten und sie meine. Wenn sie ihren Arm um meinen schlang, zuckte ich lediglich mit den Schultern. Wenn ich sagte, dass ich Eis essen möchte,

kaufte Rang Eis. Wir aßen gemeinsam das gleiche Eis. Während wir an unserem Eis schleckten, liefen wir zum Einkaufszentrum und fuhren dort mit den Rolltreppen, bis wir keine Lust mehr hatten. Danach schauten wir uns die schönen Schaufensterpuppen und die schönen Frauen dort an und fuhren mit der Rolltreppe hoch ins Kino. Die Rolltreppe bewegte sich lautlos und doch wahnsinnig schnell. Wenn wir die Tür zum Kino öffneten, drang uns der Geruch von süßem Popcorn in die Nase. Ich mochte den Geruch. Rang auch.

Auf dem Weg zurück aßen wir Mandu und scharfe Reiskuchen. Rang bezahlte das Essen.

Zum Geburtstag schenkte Rang mir einen Schal. Weil mein Geburtstag im Winter ist. Ich malte Rang zum Geburtstag ein regenbogenfarbenes Pferd. Weil ich kein Geld hatte.

Als Rang von den Jungs mit den Baseballmützen geschlagen wurde, rannte ich mit einem schwingenden Kassettenrekorder hinter ihnen her.

Na ja, da war jedenfalls so ein Vorfall.

Aber das war nun alles vorbei. Weil wir nicht länger Freundinnen sind. Weil ich arm bin und Rang nicht. Und weil Rang, die nicht arm ist, nicht zum Aushalten ist. Natürlich hatte es auch eine Zeit gegeben, in der ich nicht arm gewesen war. Ganz früher. Aber ich erinnere mich dennoch an die Zeit. Vor allem, wenn ich mit Rang zusammen war. Immer wenn ich Rang sah, musste ich an die Zeit denken, in der wir nicht arm gewesen waren. Damals hatten wir auch in der Stadt gewohnt. Möglicherweise waren Rang und ich damals sogar gleich gewesen. Aber jetzt nicht mehr. Wir sind verschieden. Sehr verschieden. Immer wenn ich solchen Gedanken nachgehe, werde ich wütend. Beziehungsweise würde ich am liebsten anfangen zu weinen. Ich möchte laut schreien und fluchen. Aber Rang stört das nicht. Natürlich nicht. Sie weint nicht. Sie schreit und flucht nicht. Aber ich bin anders. Mich stört das sehr. Deswegen spiele ich nicht mehr länger mit Rang. Wir sind nicht mehr länger Freundinnen. Ich komme nicht länger mit dem Kassettenrekorder angerannt. Ich mache so etwas nicht mehr.

Die Jungs mit den Baseballmützen schlagen Rang, weil ihnen langweilig ist. Ihnen ist es egal, ob es nun Himmel oder Rang ist, die sie schlagen. Es ihnen egal, und sie schlagen Rang einfach. Den Jungs mit den Baseballmützen ist langweilig, weil sie jeden Tag den Ball hundert Mal werfen, den Ball hundert Mal schlagen und dann hundert Mal um den Sportplatz rennen. Das müssen sie jeden Tag machen. Wenn sie es nicht machen, dann werden sie vom Trainer geschlagen. An den Tagen, an denen der Trainer sie schlug, schlugen sie Rang umso stärker. Aber wie sehr sie Rang auch schlugen, sie weinte nicht. Das ärgerte die Jungen und sie schlugen Rang noch fester. Und trotzdem weinte Rang nicht. Selbst als ich neben den Jungs stand und ihnen stillschweigend dabei zuschaute, weinte sie nicht. Sie kroch lediglich mit ausdruckslosem Gesicht über den Boden. Das brachte die Jungen zum Lachen und sie traten ihr in den Hintern. Aber Rang rieb sich nur den Hintern und kroch weiter. Ausdruckslos.

Ich weiß, dass Rang auf keinen Fall weint.

Ich versuche dann jedes Mal einen gleichgültigen Gesichtsausdruck aufzusetzen.

Aber das klappt nicht so wirklich.

4

Als Rang und ich noch Freundinnen waren, gingen wir jeden Tag zum Strand. Rang zog ihre Schuhe aus und lief mit den nackten Füßen über den Sand. Ich auch. Rang ging ins Wasser. Ich auch. Rang kam aus dem Wasser. Ich auch. Wir gingen wieder zurück ins Wasser.

Wir waren nass.

Wir waren gemeinsam nass.

Als Rang wieder in die Wellen eintauchte, machte ich es ihr diesmal nicht nach. Rang wälzte sich mit ihrem nassen Körper im Sand und sah aus wie ein paniertes Schnitzel. Ich lachte. Rang fing daraufhin auch an zu lachen. Ich steckte meine Hände in die Hosentaschen und lachte weiter. Rang ging wieder ins Wasser. Sie kam wieder aus dem Wasser herausgekrabbelt. Noch mehr nasser Sand klebte an ihrem Körper. Sie schüttelte ihren Kopf. Der nasse Sand fiel auf den trockenen Sand. Rang lachte. Ich lachte ebenfalls. Rang lachte noch lauter. Ich lachte ebenfalls noch lauter. Doch dann hörte ich plötzlich auf zu lachen.

Ich musste an meinen kleinen Bruder denken.

Immer wenn ich an meinen kleinen Bruder denke, höre ich auf zu lachen. Aber immer wenn ich lache, denke ich an meinen kleinen Bruder. Deswegen hasse ich es zu lachen. Nein, auch wenn ich nicht lache, denke ich immer an meinen Bruder. Die Gedanken an ihn kleben an meinem Kopf fest und wollen einfach nicht abfallen. Genauso wie der Sand, der an Rangs Kleidung klebt. Aber mein Sand ist groß und schwer. Wie eine große eiserne Murmel. Deswegen ist das anstrengend. Eine weitere Murmel hängt an meinem linken Bein. Eine hängt um meinen Hals. Eine an meinem Finger. An meiner Hosentasche und meinem Rucksack und auch an meiner Unterhose hängt eine. Die Murmeln ziehen mich nach unten. Richtung Boden, noch weiter Richtung Boden und noch weiter nach unten. Dort ist es finster. Deswegen sehe ich absolut gar nichts. Das macht mir Angst. Aber ich kann auch nicht nach Hilfe rufen. Weil ich sie niemandem zeigen will. Weil ich niemandem die Murmeln, die an meinem Körper hängen, zeigen will. Weil es mir peinlich ist. Weil ich niemandem mein angsterfülltes Gesicht zeigen will. Weil ich niemandem die Murmeln zeigen will, die an meiner Hosentasche und meinen Lippen baumeln. Weil es mir so peinlich ist, dass ich lieber sterbe.

Ich verziehe mein Gesicht. Um die Tränen zurückzuhalten.

Ich beiße mir fest auf die Lippen.

Dort drüben ist Rang und lacht. Ihr Lachen hält weiter an und wird immer lauter. Dadurch werden die Murmeln an meinem Körper immer mehr und immer schwerer. Mein Gesicht verzieht sich immer stärker. Ich kann es nicht entspannen. Plötzlich sieht Rang mein Gesicht. Sie sieht mein verzerrtes Gesicht. Das Lachen verschwindet auch aus ihrem Gesicht.

5

Rang lacht nicht mehr.
Ich habe alles versaut.
Das denke ich zumindest.

6

Ich laufe. Nein, ich renne davon. Ich renne und bedecke mit beiden Handflächen das Gesicht. Rang ruft meinen Namen. Ich antworte ihr nicht. Rang ruft mir nach und läuft hinter mir her. Mein Gesicht ist heiß. Es wird immer und immer und immer heißer. Ich schäme mich. Nein, ich schäme mich nicht. Ich möchte einfach nur verschwinden.

7

Ich habe gehört, dass dort, wo unser Haus jetzt steht, früher ein Sumpf war. In einem heißen Sommer haben die Leute einfach jede Menge Sand in den Sumpf geschüttet, den Boden geebnet und haben darauf Häuser gebaut. Ich weiß jedoch nicht, ob das wirklich stimmt. Ich habe lediglich gehört, dass es wohl so war.

Wenn ich das Fenster öffne, sehe ich eine Fabrik. Nein, viel eher sehe ich den Schornstein einer Fabrik. Der Schornstein ist riesig. Er ist so groß, dass einem die Worte fehlen. Aus diesem riesigen Schornstein kommt immer weißer Rauch hervorgequollen. Der Rauch riecht nach Sojasauce. Der Rauch soll sehr schlecht für den Körper sein. Bei uns zu Hause riecht es immer nach dem Rauch.

Im Nachbarhaus wohnt eine Frau. Ich mag die Frau nicht. Weil sie immer Essen zu uns rüberbringt. Sie arbeitet in der Stadt in einem Restaurant im Einkaufszentrum. Letztes Jahr haben wir am Geburtstag meines Bruders dort gegessen. Die Frau hat ihm damals einen Schlafanzug geschenkt. Mein Bruder war total begeistert gewesen. Ich habe den Schlafanzug nachts heimlich weggeworfen. Mein Bruder hat geweint.

Die Frau bringt uns ab und zu Fisch vorbei. Ich hasse das. Die Frau bringt uns ab und zu Fleisch vorbei. Ich hasse das. Ich hasse das wirklich.

Heute Mittag hat sie Kimchi vorbeigebracht. Ich würde sie am liebsten verprügeln, wenn sie mich so ansieht und lächelt. Nachdem sie wieder gegangen war, habe ich meinen schlafenden Bruder aufgeweckt. Wirf das weg. Mein Bruder rieb sich die Augen in seinem verschlafenen Gesicht. Ich schlug ihn auf den Kopf. Na, bist du jetzt wach. Er antwortete nicht. Er sah immer noch verschlafen aus. Ich habe gesagt, du sollst das wegwerfen. War das so schwer zu verstehen? Warum? Hast du eine Krankheit, die dich dumm werden lässt. Hast du eine Krankheit, die dich stumm werden lässt. Ich schlug ihm noch mal auf den Kopf. Er fing an zu weinen. Sei ruhig. Ich habe gesagt, du sollst das endlich wegwerfen. Ich starrte ihn an. Er stand weinend auf und zog sich seine Jacke an. Ich fing an nachzudenken. Was würde die Frau wohl sagen, wenn sie sehen könnte, was ich gerade tue. Bestimmt würde sie wütend werden, oder? Vielleicht würde sie auch weinen. Ich möchte sie zum Weinen bringen. Ja, das möchte ich tun. Ich will einfach nur irgendetwas tun. Ich machte den Fernseher an. Aber es gab absolut nichts Interessantes. Ich warf mich auf den Boden.

 Bruder
 Hä?
 Bruder
 Ich stand überrascht auf.
 Bruder

Das Geräusch brachte die Tür zum Wackeln. Nein das Fenster. Nein die Tür. Nein beides.
BruderBruderBruderBruderBruder
Alles wackelte. Der Boden. Die Wand. Die Decke. Die ganze Wohnung.
Aaaah. Ich hielt mir die Ohren zu und krümmte mich zusammen.

BruderBruderBruderBruderBruderBruderBruderBruder
BruderBruderBruderBruderBruderBruderBruderBruder
BruderBruderBruderBruderBruderBruderBruderBruder
BruderBruderBruderBruderBruderBruderBruderBruder
BruderBruderBruderBruderBruderBruderBruderBruder
Es tut mir leid. Bitte verzeih mir. Ich werde es nie wieder tun.
Aber es brachte nichts. Es wackelte nur noch mehr.
Werde ich sterben?
Aaaah.

Ich habe einen
Fehler gemacht.

Dann war ruckartig alles still. Als ich den Kopf hob, stand plötzlich mein Bruder da. Ich richtete mich auf und setzte mich hin. Bist du wieder da? Mein Bruder sah krank aus, wie immer. Ich habe Hunger, sagte ich. Mein Bruder schaute mich mit traurigen Augen an. Koch mir eine Nudelsuppe. Mein Bruder lief, ohne ein Wort zu sagen, in die Küche und fing an, die Nudelsuppe zu kochen.

Mein Bruder kann wirklich super Fertignudelsuppen kochen. Weil ich ihn ständig dazu zwinge.

Während mein Bruder die Nudelsuppe kochte, schaute ich Fernsehen. Im Fernsehen lief Werbung. Autos, Kosmetik, Klamotten, Wohnungen, Kühlschränke. Sie alle sagen, kauft unsere tollen und hübschen Produkte. Ich würde sie ja echt gerne kaufen. Aber ich habe kein Geld. Das deprimierte mich. Nein, es machte mich wütend. In dem Moment kam mein Bruder mit dem Topf ins Zimmer. Ich war immer noch wütend, als mir einfiel, dass wir ja gar keinen Kimchi hatten. Ich kann keine Nudelsuppe ohne Kimchi essen. Ich überlege, ob ich meinen Bruder schicke, um Kimchi zu kaufen. Aber ich habe kein Geld. Ich überlegte kurz, ob ich meinen Bruder schicken sollte, um Kimchi aus dem Supermarkt zu klauen. Ich schüttelte den Kopf. Ich habe jetzt keinen Hunger mehr. Sage ich meinem Bruder. Iss du die Nudelsuppe.

Mein Bruder hört brav auf das, was ich ihm sage. Weil ich ihn schlage, wenn er nicht hört. Jedes Mal, wenn mein Bruder vor Angst die Tränen zurückhält, muss ich an Rang denken, die von den Jungen mit den Baseballmützen verprügelt wird. Dann denke ich an den Jungen mit der Washington-Mütze. Ich denke daran, wie er Rang verprügelt. Ich denke daran, wie er ab und zu lächelt, wenn er ihr einen Tritt verpasst.

Vielleicht passt es besser zu mir, mit ihm zu spielen als mit Rang. Während ich meinen Gedanken nachhing, schaute ich meinen Bruder an, der Nudelsuppe aß. Tränen liefen seine Backen herunter. Er aß die Nudelsuppe, ohne ein Wort zu sagen.

8

Im Fernsehen kam ein Bericht über eine Eidechse. Der Name der Eidechse ist Bungle. Bungle lebt in einem riesigen Glaskasten, der wiederum im Wohnzimmer einer riesigen Wohnung in Seoul steht. Aber seit einiger Zeit frisst Bungle nichts mehr. Schon seit zehn Tagen. Deswegen musste Bungle zum Tierarzt. Bungles Besitzer ist ein achtjähriger Junge. Bungle hat eine Krankheit, bei der sein Magen sich mit Steinen füllt, sagt der Arzt. Deswegen kann er nicht essen. Der Junge fängt an zu weinen. Ich finde das total ätzend. Ich finde es ätzend, wie der Junge weint und sagt, dass Bungle nicht sterben darf. Wir werden unser Bestes versuchen, sagt der Arzt und beginnt mit der Operation. Der Junge weint so viel, dass er irgendwann erschöpft auf den Knien seiner Mutter einschläft. Als er wieder aufwacht, ist die Operation vorbei. Der Junge steht auf und öffnet die Türen zum Operationssaal. Der Arzt nimmt die Maske ab. Er sagt, dass die Operation ein Erfolg war. Der Junge freut sich. Die Mutter des Jungen freut sich ebenfalls. Als der Junge Bungle wiedersieht, sitzt er in einem sauberen

Glaskäfig und sein ganzer Körper ist mit einem Verband umwickelt. Der Junge streichelt Bungles Kopf. Es war anstrengend, nicht wahr? Ich schaute meinen Bruder an. Mein Bruder strahlte förmlich. Er schaute mit strahlenden Augen, in denen Tränen glitzerten, auf den Fernseher. Mach dir keine Sorgen, sagte ich. Du wirst bald sterben. Und wenn du nicht stirbst? Keine Angst. Dann bringe ich dich um. So etwas wie Wunder gibt es nicht, sagte ich lachend. So etwas gibt es nirgendwo. Das ist alles gelogen. Die sterben alle. Und du. Ich sah meinem Bruder direkt in die Augen. Du stirbst als Allererster. Das Glitzern in den Augen meines Bruders verschwand. Deswegen brauchst du dir keine Sorgen zu machen. Du brauchst dir über absolut gar nichts Sorgen zu machen.

9

Ich fing an, mit dem Jungen mit der Washington-Mütze abzuhängen.

10

In der Pause setzte Washington mich auf seinen Schoß. Ich blieb ruhig. Er legte beide Arme um meine Hüfte. Ich ließ sie, wo sie waren. Er fasste meine Brüste an. Es interessierte mich nicht. Rang sah zu mir herüber. Ich tat so, als würde ich es nicht bemerken.

Nach der Schule nahm Washington mich mit in eine Seitengasse. Die Jungen mit den Baseballmützen standen in der Gasse und rauchten. Ich schaute ihnen mit verschränkten Armen zu. Sie hatten alle Mützen auf. Ich wollte auch eine Mütze haben. Dachte ich mir. Aber ich hatte keine Mütze. Und ich konnte mir auch keine kaufen. Denn ich hatte kein Geld. Aber ich wollte eine haben. Ich wischte Washingtons Hand von meiner Hüfte ab. Was ist los?, fragte Washington mich. Ich will auch eine Mütze haben. Washington schaute mich mit angestrengtem Gesichtsausdruck an, als hätte er nicht verstanden, was ich gerade gesagt hatte. Eine Mütze, hab ich gesagt, eine Mütze. Das Ding, das du auf dem Kopf hast. Ich deutete mit meinem Zeigefinger auf seine Mütze. Willst du wirklich eine haben? Ja. Washington blies Zigarettenrauch aus seinem Mund. Okay, ich kauf dir eine, sagte er und warf seine Zigarette auf den Boden. Los Jungs, lasst uns gehen. Rief er. Die anderen Jungs nickte. Los, hab ich gesagt. Washington verschränkte die Arme und kniff die Augen zusammen. Daraufhin bliesen alle sofort ihren Zigarettenrauch aus und warfen ihre Zigaretten auf den Boden.

Wir rochen alle nach Rauch, als wir in der Schule ankamen. Ich versuchte einen möglichst gelangweilten Gesichtsausdruck aufzusetzen. Halt eben so wie die Jungs, mit denen ich zusammen unterwegs war. Aber ich war doch anders. Weil ich keine Mütze hatte.

Ich schaute zu Washington hinauf. Auf seinem Kopf thronte die Washington-Mütze und ich war wirklich neidisch auf ihn. Hast du nicht gesagt, du kaufst mir eine Mütze? Das habe ich auch vor. Warum sind wir dann in der Schule? Ah, da kommt er, sagte London. Ich schaute nach vorne. Es war Brille. Brille hatte das Übungsheft aufgeschlagen in der Hand und kam in unsere Richtung gelaufen. Hey, Brille!, rief ihm Washington zu. Brille hob den Kopf. Als Brille sah, wer ihn gerufen hatte, wurde sein Gesicht so weiß wie Milch. Gehst du nach Hause?, rief Washington. Brille war sichtlich unentschlossen, was er nun tun sollte, und antwortete nicht. Komm mal kurz hier rüber. Brille zögerte. Ich hab gesagt, du sollst hierherkommen!

Was ist denn?

Komm erst mal her.

Brille setzte langsam, sehr langsam einen Schritt vor den anderen. Dann entdeckte er mich.

Komm her!

Washington lief nun in Brilles Richtung, der daraufhin sofort stehen blieb.

Washington grinste.

Hast du'n bisschen Geld?

Nein, ich habe keins.

Brille schaute mich an. Ich senkte schnell den Kopf.

Du hast kein Geld?

Brille antwortete nicht. Washington packte Brille am Kragen. Brille gab ein röchelndes Geräusch von sich. Washington ließ Brille mit einem Ruck wieder los, der daraufhin zu Boden fiel. Die Jungs mit den Baseballmützen stürzten sich sofort auf ihn. Wartet, sagte Washington. Die Jungen waren wie ein Pack gut erzogener Hunde und ließen sofort ab. Washington bückte sich nach unten und nahm sich Brilles Rucksack. Er öffnete ihn und nahm den Geldbeutel heraus. In dem Geldbeutel war ein 10.000 Won-Schein. Washington steckte sich den Schein in die Hosentasche und stellte Brille wieder aufrecht hin. Warum lügst du mich an? Washington schlug Brille mit dem leeren Geldbeutel ins Gesicht. Weißt du, was ich am Allermeisten auf dieser Welt hasse? Leute, die lügen, sagte Washington. Ihr wisst ja, wie sehr ich Leute hasse, die lügen. Ja, ja. Die Jungen nickten eifrig mit den Köpfen. Washington schaute wieder Brille an. Brille zitterte am ganzen Körper. Ich habe gefragt, warum du mich angelogen hast.

Brille konnte nicht antworten. Er zitterte nur weiter am ganzen Körper.

Verdammt noch mal. Washington trat Brille zu Boden. Ein keuchendes Geräusch kam über Brilles Lippen. Washington spuckte in Richtung Boden und traf dabei Brilles Brille.

Washington schaute mich an.

Lass uns eine Mütze kaufen gehen,

sagte und er und grinste. Ich fand das irgendwie süß.

Ja, sagte ich.

Daraufhin verschränkte ich wieder die Arme und setzte einen gelangweilten Gesichtsausdruck auf. Washington legte seinen Arm um meine Hüfte. Vielleicht bräuchte ich eher eine Sonnenbrille statt einer Mütze, dachte ich mir.

11

Washington kaufte mir tatsächlich eine Mütze. Die Mütze war gelb und auf ihr stand ebenfalls „Washington" geschrieben. Mit dem restlichen Geld kauften wir uns Fertignudelsuppen.

12

Mein Bruder bekommt fünf Mal am Tag Medizin. Er muss jedes Mal fünf Tabletten nehmen. Rosa, weiß, rot, wieder weiß und wieder rosa. Wenn mein Bruder seine Medizin nimmt, bringe ich ihm immer ein Glas mit Wasser. Hey, trink! Mein Bruder nimmt die Tabletten und schluckt sie mit Wasser herunter. Alles auf einmal. Das Geräusch, das er dabei macht, ist so laut, dass ich wütend werde. Ich schaue ihn an. Sein Gesicht ist gelb und ganz aufgedunsen, fast so wie eine Scheibe Toast mit Augen. Ich werde wütend. Vielleicht wurde ich auch nur so wütend, weil ich zufällig gerade die Washington-Mütze aufhatte. Washington hatte es gesagt. Er hatte es gesagt, während er Alkohol getrunken hatte. Ich hatte an dem Abend auch Alkohol getrunken. Wir saßen auf dem Sofa im Haus von Washingtons Freund. Ich bin so verdammt wütend. Ich lag mit dem Kopf auf seinem Schoß. Warum bist du denn so verdammt wütend, fragte ich. Keine Ahnung. Seine Beine fingen an zu beben. Mein Kopf fing ebenfalls an zu beben. Ich bin einfach nur verdammt wütend. Mir geht es manchmal genauso. Ich setzte mich auf. Verdammte Scheiße, ich bin so fucking wütend, sagte Washington. Mir geht es genauso! Aber Washington hörte meine Worte nicht. Allerdings war das vielleicht auch besser so. Eventuell wäre er nur noch wütender geworden und hätte mich vielleicht sogar geschlagen. Washington schien extrem wütend zu sein, aber es schien auch, als würde es dafür gar keinen Grund geben. Aber genau das machte mir Angst. Und genauso ging es mir nun gerade auch. Ich war genau auf diese Art und Weise wütend. Ich bin richtig wütend. Dachte ich mir. Deswegen muss ich die Wut rauslassen. Ich sollte diese Scheibe Toast solange zerquetschen, bis sie die Größe eines Baseballs hat, und dann in den Mülleimer klatschen. Mein Bruder fing an zu weinen. Ich wurde noch wütender und schaute mich im Zimmer um, was ich nun tun könnte. Auf dem Boden entdeckte ich die Tütchen, in denen die Medizin meines Bruders für die nächsten Tage ordentlich vorsortiert war. Ich schnappte mir die Tütchen. Und riss sie in der Hälfte durch. Die

Medizin verteilte sich quer über den Boden. Die Augen meines Bruders quollen aus seinem Gesicht heraus wie ein Baseball. Ich zerriss noch mehr der Tütchen. Hör auf!, schrie mein Bruder. Hör auf!, schrie er und fing an, die Tabletten vom Boden aufzusammeln. Sein Rücken war dabei so rund wie der Henkel einer Tasse. Wie ein Wurm. Dachte ich. Uargh. Ich schrie laut auf, drehte mich ruckartig um und verließ den Raum.

13

Der Weg war weiß. Nein, schwarz. Und er war eng. So lang und schmal wie ein Faden. Und ich begann zu sinken. Der Weg, der zu einem aschgrauen Faden geworden war, bog sich in meine Richtung. Wie der Henkel einer Tasse. Uargh. Ich legte beide Hände auf den Kopf. Dort saß die Washington-Mütze. Ich konnte sie nicht von meinem Kopf abziehen. Genauso wie meinen Bruder. Nein, mein Bruder saß auf der Mütze. Er saß auf meinem Kopf und hielt dabei eine große eiserne Murmel fest im Arm. Deswegen sank auch ich. Der Boden hatte keinen Boden. Deswegen sank ich immer weiter. Das ist alles nur wegen meinem Bruder. Früher war das alles nicht so gewesen. Als mein Bruder gesund war, hatte er meinen Kopf nicht so nach unten gedrückt. Damals wusste er sogar, wie man lacht. Er hatte überhaupt nicht ausgesehen wie ein Toast. Aber wann war er eigentlich nicht krank gewesen. Es scheint mir so, als wäre er schon krank gewesen, bevor ich überhaupt auf die Welt gekommen bin. So als hätte ich bereits einen kranken Bruder gehabt, bevor ich auch nur geboren wurde. Vielen Dank. Wegen dir werde ich immer wie so eine Pennerin sein. Ich werde leben wie eine Pennerin und sterben wie eine Pennerin. Mit lauter komischen Sachen, die auf meinem Kopf liegen. Vielen Dank!, schrie ich. Ich bin so dankbar, dass ich am liebsten alles in Stücke reißen möchte! Ich fasste mir mit beiden Händen an den Kopf. Nein, an die Mütze. Es tat weh. Aber ich wollte, dass es noch mehr wehtut.

Wenn ich wütend bin, dann denke ich wenigstens an nichts anderes.

Aber ich denke ständig an Dinge. Mein Bruder kann gut Nudelsuppe kochen. So Dinge. Aber er kann keine Nudelsuppe essen. So Dinge. Weil er sich übergeben muss, wenn er Nudelsuppe isst. So Dinge. Weil er krank ist!

Weil er krank ist!

So Dinge.

Ich fing wieder an zu laufen. Plötzlich tauchte eine Treppe vor mir auf. Es war eine sehr lange Treppe. Sie erstreckte sich so weit nach oben, dass sie den Himmel zu erreichen schien. Ich starrte die Treppe an. Währenddessen wuchsen die eisernen Murmeln immer mehr. Noch größer und noch mehr. Vermehrt euch!, schrie ich innerlich. Noch mehr! Noch mehr! Vermehrt euch! Vermehrt euch noch mehr! Ich setzte mich auf den Boden und fing an zu weinen. Mein ganzer Körper war voll mit Murmeln. Ich weinte eine ganze Weile und wollte dann aufstehen, als etwas in meiner Tasche klimperte. Als ich meine Hand in die Tasche steckte, fühlte ich, dass es Geld war. 230 Won. Was sollte ich damit machen?, überlegte ich. Vielleicht könnte ich damit jemanden anrufen. Aber wen? Soll ich zu Hause anrufen? Und dann? Soll ich schreien, dass ich meinen Bruder umbringe? Oder soll ich schreien, dass sie ihn umbringen sollen? Soll ich schreien, dass ich ihn umbringe, wenn er nicht schon tot ist, wenn ich nach Hause komme? Aber wir haben kein Telefon zu Hause. Nein, wir hatten mal ein Telefon, aber jetzt nicht mehr. Nachdem wir ständig angerufen wurden, dass wir unsere Schulden zahlen sollen, hatte meine Mutter das Telefon entsorgt. Während sie das Telefon wegwarf, sagte sie, dass wir kein Telefon mehr bräuchten. Sie sagte, wir bräuchten kein Telefon, da mein Bruder den ganzen Tag zu Hause sei. Sie sagte, wir bräuchten kein Telefon, weil ich in der Schule sei. Aber mein Vater braucht eins, deswegen hat er ein Mobiltelefon. Sollte ich vielleicht meinen Vater anrufen? Aber das ging nicht. Da ich heute nicht zur Schule gegangen war. Da ich nicht zur Schule gegangen war, die Tabletten von meinem Bruder über dem kompletten Boden verteilt, ihn angeschrien und zum Weinen gebracht hatte. Da ich am Verhungern war und weinend auf der Straße saß. Ich konnte nicht mal Rang anrufen. Weil wir keine Freundinnen mehr waren. Washington konnte ich auch nicht anrufen. Weil er ständig immer nur meine Brüste anfassen wollte. Ich hasse das. Wenn er meine Brüste anfasst, fühle ich mich wie ein Hund. Da er meine Brüste streichelt, als würde er einen Hund streicheln. Das ist die einzige Art, wie er Leute anzufassen weiß. Ansonsten schlägt er mich. Aber ich will nicht geschlagen werden. Also lasse ich mich streicheln wie ein Hund. Es ist immer noch besser als geschlagen zu werden. Aber langsam frage ich mich, ob hier nicht etwas mächtig schiefläuft. Aber ich habe keine Lust nachzudenken. Weil sich jedes Mal, wenn ich nachdenke, neue Murmeln bilden. Wenn sich neue Murmeln bilden, tut mein Kopf weh und dann, und dann …

Was soll ich denn nun mit den 230 Won machen?

Ich bekam plötzlich ein schlechtes Gewissen, den 230 Won gegenüber. Da es wohl nichts Bedeutungsvolles gab, für das ich sie würde einsetzen können. Vielleicht sollte ich sie besser essen. Ich steckte mir die Münzen in den Mund und fing an zu kauen. Es dauert nicht lange, bis ich würgen musste und den Mund aufriss. Daraufhin kamen die Münzen, zusammen mit Spucke und Blut wieder aus meinem Mund heraus. Abgesehen davon kam gar nichts heraus. Weil ich absolut nichts gegessen hatte. Ich hob den Kopf. Am Himmel stand die Sonne, die so klein und flach war wie das 10 Won-Stück, das ich gerade ausgespuckt hatte. Ich fing wieder an zu laufen. Das Ende des Wegs war nicht sichtbar. Genauso wie die lange Treppe vorhin. Plötzlich bekam ich das Gefühl, als würde ich hier nie wieder herauskommen. Für immer und ewig, bis ich sterbe. Und auch nicht nach meinem Tod. Während ich laufe, sterbe ich, sterbe ich, sterbe ich, sterbe ich. Murmelte ich vor mich hin, als ich an einem ruhigen Reisladen vorbeilief. Ich sah einen Hund, der dalag, als wäre er tot. Durch das zerbrochene Fenster sah ich eine Uhr, die stehen geblieben war, verbrannte Tapete und einen kaputten Roboter. Ich fühlte mich immer mehr wie die verbrannte Tapete oder der kaputte Roboter. Nein, es fühlte sich eher so an, als wäre ich auf dem Weg, so wie sie zu werden. Ich lief nicht mehr auf dem Weg. Ich war einfach nur zwischen den toten Häusern eingeklemmt. Das war kein Weg. Es war eine winzige Lücke. Und diese Lücke wollte immer kleiner werden.

Ich blieb stehen. Die Lücke füllte sich von einem Augenblick auf den nächsten. In der Spanne eines Lidschlags und so, als wäre nichts gewesen. Ich schluckte meine Spucke herunter. Das Geräusch, das ich dabei verursachte, hallte durch die Straße. Danach war es totenstill. In der Ferne sah ich Rauch aus dem Schornstein emporsteigen. Auf dem Dach wehte Wäsche im Wind. Auf meinem Kopf war eine Mütze. Ich machte den Mund weit auf. Doch es kam rein gar nichts heraus. Nur ein zerrissenes Atemgeräusch war zu hören.

14

Einige Menschen sind von Geburt an alleine, sagte ich, während ich im Allein saß. Ich saß auf dem alten grünen Sofa. Vor mir stand Rang. Rang hatte eine rote Schuluniform an und sie trug auch wieder rote Turnschuhe, die über ihre Knöchel gingen. Auf ihrer Brust war ein Namensschild befestigt, auf dem Hong Rang stand. Das wird einem in die Wiege gelegt, sagte ich weiter. Man wird so geboren und wird es auch nicht wieder los. Ich fasste mir an den Kopf. Dort war in der Tat eine Mütze. Es klebt an einem wie diese Mütze und geht nicht ab. Rang schaute mich an. Aber sie schaute nicht wirklich mich an. Wir waren jeweils in einer anderen Zeit. Also ich war Mittwochabend im Allein. Und Rang war Freitagmittag im Allein. Immer wenn ich mich umschaue ist niemand da. Rede ich weiter. Alle weichen mir aus. Was für andere so einfach ist, ist für mich so unglaublich schwierig. Das Zusammensein mit anderen, meine ich.

Rang war nun nicht mehr allein. Sie war mit anderen Leuten zusammen. Alle hatten rote Schuluniformen an. Es waren mein Bruder, meine Mutter und mein Vater, Brille, die Jungen mit den Mützen, Washington. Ich redete weiter. Alle schauten in meine Richtung. Aber sie schauten nicht mich an. Weil nur ich sie sehen konnte. Ich bin einer von diesen Menschen, die so geboren werden. Deswegen bin ich alleine. Ich bin einsam. Meine Worte waren nicht sichtbar und die Laute zerbrachen sofort in tausend Stücke. Plötzlich verschwanden die Leute einer nach dem anderen. Ich blieb ruhig. Als Letztes verschwand Rang. Dann wachte ich auf. Ich wachte auf und war allein, einsam und ohne Freunde.

15

Früher hat nur Papa in der Fabrik gearbeitet. Weil es damals reichte, dass nur Papa arbeitet. Damals wohnten wir in der Stadt. Ich lernte Klavierspielen und mein Bruder einen koreanischen Kampfsport namens Taekwondo. Jedes Wochenende fuhren wir mit einer Picknickdecke und etwas zu essen ans Meer. Papa blies Luft in ein Schlauchboot und ich und mein Bruder rannten damit ins Wasser und ruderten hinaus. Sobald wir etwas weiter hinausgetrieben waren, sprang mein Bruder immer ins Wasser. Ich hatte eine Sonnenbrille mit herzförmigen Gläsern auf. Mein Bruder baute Sandburgen. Ich schlich mich heimlich heran und stampfte sie kaputt, woraufhin mein Bruder in Tränen ausbrach. Also kaufte ich ihm ein Eis. Nein, vielmehr klaute ich ein Eis im Highway-Supermarkt. Als ich ihm das geklaute Eis in die Hand drückte, hörte er auf zu weinen. Nachdem er das Eis gegessen hatte, schlief er ein, mit dem Kopf auf dem Schwimmreifen. Ich schrie in das Ohr meines schlafenden Bruders und brachte ihn wieder zum Weinen. Daraufhin schimpfte Mama mit mir und nun musste ich weinen. Ich legte mich neben meinen Bruder und schlief weinend ein. Als ich aufwachte, war die Sonne bereits am Untergehen. Der Strand war voller Erwachsener. Die Erwachsenen hatten Feuer angezündet und grillten Fleisch. Ich rieb mir die Augen und lief schwankend in Richtung des Feuers. Mama gab mir ein Stück Fleisch, das gut durchgegrillt war. Ich machte den Mund auf. So weit wie ein kleiner Jungvogel.

Alles war gut. Ich liebte meinen Bruder. Weil er nicht krank war.

Jetzt hasse ich ihn, weil er krank ist.

Unsere Familie ist jetzt anders als damals. Wir gehen nicht mehr ans Meer. Am Wochenende liegen meine Eltern in ihrem Zimmer. Sie liegen herum und schauen Fernsehen. Während sie schauen, werden sie müde. Sie schlafen, und wenn sie wieder aufwachen, schauen sie weiter Fernsehen. Dann schlafen sie wieder. Dann wachen sie wieder auf, rauchen und essen eine Fertignudelsuppe. Papa trinkt Soju. Das ist ein Reisschnaps. Und dann legen sie sich wieder auf den Boden. Sie schlafen, wachen auf und schlafen wieder.

Dann wird es Nacht. Ich mache das Licht aus. Ich lege mich unter die Decke. Ich schlafe ein. Das war's. So sieht in unserer Familie das Wochenende nun aus.

Wenn meine Mama nach Hause kommt, fragt sie meinen Bruder. Sie fragt, ob er seine Medizin brav genommen hat, ob er etwas gegessen hat, ob es irgendwo wehtut oder vielleicht besser geworden ist, ob er auch nicht vor Schmerzen geweint hat, was er heute gemacht hat. Mich fragt sie gar nichts. Eines Tages war mein Bruder gerade dabei, eine Nudelsuppe für mich zu kochen, als meine Mutter nach Hause kam. Sie wurde stinksauer. Sie verpasste mir eine Ohrfeige und sagte, ich solle das Haus verlassen und verrecken. Ich sagte daraufhin, dass nicht ich das Haus verlassen und verrecken müsse, sondern mein Bruder. Daraufhin fing meine Mutter an zu weinen. Mein Bruder weinte auch. Nur ich weinte nicht. Ich hielt die Tränen mit aller Kraft zurück und weinte nicht.

Mama hatte ganz sicher zu mir gesagt, ich solle sterben. Also wollte Mama, dass ich sterbe. Um ehrlich zu sein, interessieren sich Mama und Papa kein bisschen für mich. Deswegen geben sie mir auch kein Geld. Ich bin es echt leid. Kein Geld zu haben, meine ich. Ich bin es wirklich leid. Ich bin es leid, mir von Washington Nudelsuppe ausgeben lassen zu müssen. Ich bin es leid, Dinge zu klauen, anderen Leuten etwas wegzunehmen und die Washington-Mütze zu tragen. Aber was ich am allermeisten leid bin, ist mein Bruder.

Ich wünschte mir, mein Bruder würde endlich sterben. Das zu wünschen lag natürlich daran, weil ich ihn danach endlich wieder lieben würde. Wenn mein Bruder stirbt, werde ich bestimmt sehr traurig sein. Ich werde jeden Tag mit Blumen zu seinem Grab gehen und weinen. Aber bevor er stirbt, werde ich gar nichts tun. Ich werde nichts tun und ihn quälen. Ah, wenn ich doch nur eine Milliarde Won hätte, das wäre toll. Wenn ich so viel Geld hätte, dann könnte mein Bruder in einem Krankenhaus in Seoul behandelt werden. Dann würde ich meinen Bruder auch nicht hassen. Nicht nur, dass ich ihn nicht hassen würde, ich könnte sogar den ganzen Tag nichts anderes tun als für ihn zu beten. Nein, ich könnte sogar Medizin studieren. Um meinen Bruder mit meinen eigenen Händen zu retten. Wenn ich Geld hätte, könnte ich Nachhilfeunterricht erhalten. Ich könnte nur gesunde Dinge essen und den ganzen Tag lernen. So wie Brille, meine ich. Vielleicht würde ich sogar bessere Noten bekommen als er. Vielleicht würden wir dann sogar Freunde werden. Vielleicht würde ich dann mit ihm abhängen und nicht mit Washington. Er würde im Gegensatz zu Washington vielleicht auch nicht meine Brüste anfassen. Vielleicht würde er sie auf eine viel höflichere und gebildetere Weise anfassen. Aber ich habe nicht so viel Geld. Deswegen kann ich rein gar nichts tun. Wenn ich viel Geld hätte, müsste ich mir keine Sorgen machen, selbst wenn ich Medizin studieren würde, und könnte mich voll und ganz aufs Lernen konzentrieren und eine ausgezeichnete Ärztin werden. Aber wenn man kein Geld hat, muss man während des Studiums arbeiten und kann sich nicht aufs Lernen konzentrieren. Ich kenne so jemanden. Der Vater von ihm ist ein Freund von meinem Papa. Er war extrem klug. Er war immer Klassenbester gewesen und schließlich auf eine Uni in Seoul gegangen. Aber da es zu viel Geld gekostet hatte, hatte er schlussendlich aufgegeben und war wieder hierher zurückgekehrt. Er hatte sich drei Monate lang nur betrunken und dann seinen zweijährigen Wehrdienst beim Militär angetreten. Wenn er seinen Dienst abgeschlossen hat, will er in der Fabrik arbeiten, in der auch mein Vater arbeitet. Dort will er Geld verdienen und sich für die Beamtenprüfung vorbereiten. Ich habe Angst, genauso zu werden. Nein, es ist ziemlich sicher, dass ich genauso werde. Große Träume sind teuer. Deswegen darf ich auch keine Träume haben. Wenn ich nur eine Milliarde Won hätte. Dann könnte ich einen gigantischen und teuren Traum haben. Aber ich habe kein Geld. Ich habe im Moment genau eintausend Won. Die habe ich aus dem Geldbeutel meiner Mama geklaut. Ich habe absolut keine Ahnung, was ich damit anstellen soll. Wirklich keine Ahnung. Ah, wenn ich doch nur eine Milliarde Won hätte. Dann müsste mein Bruder nicht sterben, meine Mutter nicht in der Fabrik arbeiten und ich könnte Ärztin werden. Aber da ich im Moment nur eintausend Won habe, wird mein Bruder sterben, meine Mutter weiterhin in der Fabrik arbeiten und ich werde zu Abschaum werden.

16

In letzter Zeit ist Rang eigentlich fast immer alleine. Wenn sie nicht alleine ist, wird sie gerade verprügelt. Oder kommt gar nicht zur Schule. Ab und zu ist sie mit Brille zusammen. Die Jungen mit den Baseballmützen sagen zu Brille immer Spast. Hey, du Spast. Hey, du Spast, komm her. Wo gehst du hin, du kleiner Spast. Und ab und an nehmen sie ihm Geld weg und gehen zum Kiosk. Aber sie schlagen ihn nicht wirklich. Das war deswegen, weil die Lehrer Brille mögen. Und weil es bei Brille ausreicht, ihn zu beschimpfen, ihn als Spast zu bezeichnen und ihm zu drohen, damit er Angst bekommt. Aber Rang hat keine Angst. Deswegen steckt sie auch ständig Schläge ein. Nein, vielleicht ist das auch einfach nur, weil die Lehrer sie nicht ausstehen können. Wenn die Lehrerinnen sehen, wie sie verprügelt wird, senken sie ihren Sonnenschirm ein wenig, damit sie es nicht sehen müssen. Die Lehrer verschränken lediglich die Arme und schauen Richtung Himmel. Währenddessen wird Rang mitten auf dem Sportplatz verprügelt. In letzter Zeit wird Rang, glaube ich, noch etwas öfter verprügelt. Scheinbar, seitdem ich nicht mehr mit ihr spiele, beziehungsweise seitdem ich mit den Jungen mit den Baseballmützen rumhänge. Aber ich kümmere mich nicht darum. Ich schaue einfach nur zu, wie sie verprügelt wird. Ich stehe neben Washington und schaue zu, wie sie verprügelt wird. Ich schaue zu, wie Rang von Washington verprügelt wird. Früher hat Washington sie ein paar Mal getreten und dann aufgehört. Einfach nur als Zeitvertreib. Aber jetzt verprügelt er sie sehr viel schlimmer, länger und viel öfter. Nun ist Rang jeden Tag am ganzen Körper übersät mit Dreck und Blut, wenn sie nach Hause geht. Wenn ich Rang so sehe, wie sie taumelnd nach Hause läuft, die weiße Bluse voller Blut und die Haare zerzaust, dann denke ich, dass Washington sie umbringen wird. Aber ich unternehme weiterhin nichts dagegen. Absolut gar nichts. Vielleicht ist es besser, wenn sie stirbt. In meinen Träumen taucht ständig immer nur Rang auf und ich kann nicht mehr schlafen.

17

Alle sind aufgestanden. Nur ich sitze noch. Ich habe einen Bleistift in der Hand und schaue auf meinen Schreibtisch runter. Ich denke an nichts. Ich sehe auch nichts. Ich warte auf nichts. In meiner Tasche ist die Mütze. Ich nehme sie heraus und setze sie auf. Rang ist weiterhin nicht an ihrem Platz. Ich suche ständig nach ihr. Ich hasse mich immer selber, wenn ich das tue. Auf der anderen Seite des Fensters sehe ich

Baseballmützen. Ich weiß, was passiert ist. Aber ich wünschte mir, ich wüsste es nicht. Wahrscheinlich lag das alles an der Mütze. Ich setze die Mütze wieder ab. Ich setze sie wieder auf. Es sind noch sieben Minuten Pause übrig. Ich habe immer noch den Bleistift in der Hand. Ich tausche den Bleistift gegen einen Kugelschreiber. Dann fange ich an auf den Tisch zu kritzeln. Ich kann nicht gut malen. Nein, ich kann überhaupt nicht malen. Es gibt nichts, was ich gut kann. Deswegen habe ich auch keine Freunde. Nein, ich hatte früher eine Freundin. Ihr Name war Rang. Alle haben mich ausgelacht, wenn ich mit ihr gespielt habe. Sie haben mich von Weitem leise ausgelacht. Aber seitdem ich mit Washington abhänge, haben sie alle Angst vor mir. Jetzt lacht mich keiner mehr aus. Und das, obwohl ich nicht mal seine Freundin bin. Obwohl er mich streichelt wie einen Hund. Ich frage mich, was wohl passiert, wenn ich nicht mehr mit Washington rumhänge. In Kürze wird Washington mich rufen. Rang, Washington und ich, wir formen gerade ein seltsames Dreieck. Und das scheint alles nur wegen mir zu sein. Aber ich hatte nie das Bedürfnis gehabt, Rang zu verprügeln. Ich wollte nur … nur … MeinerMeinungnachistdasallesnurwegenmeinemBruderweil meinBruderanmeinemKopfklebtundnichtabfälltum ehrlichzuseinumehrlichzuseinumehrlichzuseinwill ichNiemandenhassenundwillauchniemandenverprügelnichwillnichtdassjemandverletztwirdundichwill

nichtdassjemandgeschlagenwirdichwillabsolutnichts
BösesanstellenundichwillkeineSchuldhabenichhabe
keineSchulddasistalleswegenmeinemBruderdasalles
hatwegenmirangefangenichhabeangefangendasseltsame
DreieckzumalenichhabedreiseltsameLiniengezeichnet
diezueinemseltsamenDreieckgewordensindichhabe
dieLinienzwischenRangmirundWashingtongemalt
einwirklichkomischesDreieck

Ich stehe auf.

Ein Mädchen kommt in den Klassenraum herein. Das Mädchen schaut mich an. Ich kenne den Namen des Mädchens nicht. Ist mir aber auch egal. Aber sie schaut mich die ganze Zeit an.

Ich gehe auf den Flur hinaus.

Auf dem Flur sind die Jungen mit den Baseballmützen, unsere ganze Klasse und die Klasse aus dem Nachbarraum. Es sind Schüler aus verschiedenen Klassenstufen da. Es sind Jungen und Mädchen da. Nur die Lehrer sind nicht da. Es sind immer die Lehrer, die als Einzige nicht da sind. Wie immer passieren die schlimmen Dinge nur an Orten, an denen die Lehrer es nicht sehen. Ich schaue zu diesen schlimmen Dingen hin. Es war schlimmer als sonst. Das denke ich zumindest. Ich denke das jeden Tag. Es wird jeden Tag ein kleines bisschen schlimmer. Jeder weiß, dass es so ist. Aber wie lange noch und wann hört es endlich auf? Das wollen sie alle wissen. Deswegen werden ihre Augen größer und ihre Münder verschwinden. Jeden

Tag pünktlich zur Mittagspause kommen alle Schüler zusammen. Sie kommen zusammen und schauen stillschweigend zu. Die Jungen mit den Baseballmützen bewegen lautlos ihre Körper. Und auch Rangs Körper bewegt sich lautlos. Genau das schaue ich mir gerade an. So wie alle anderen eben auch. Washington sieht mich. Und lächelt. Sein Lächeln ist genauso wie immer, niedlich. Ich möchte ihn anfassen. Ich möchte ihn auf meine Hand nehmen und streicheln. Ich möchte ihn streicheln wie einen Hund. Wenn ich dieses Lächeln noch einmal sehen könnte. Aber das Lächeln verschwindet direkt wieder von seinem Gesicht. Und er fängt direkt wieder an Rang zu schlagen. Ein riesiger Junge schlägt ein winziges Mädchen. Als würde er Kartoffeln stampfen. Das ist ein Anblick, den man nicht so schnell zu sehen bekommt. Alle wissen das. Deswegen schauen auch alle hin. Das nervt. Ich höre ständig das gleiche Lied. Aber es ist kein tolles Lied. Nein, es ist sogar ein richtig schlechtes Lied. Ich hebe den Kopf. Washingtons Kopf erscheint in meinem Blickfeld. Er hat die Lippen fest aufeinandergepresst. Ich halte es nicht mehr aus. Ich will dieses Lied nicht mehr hören.

Ich strecke meine Hände in Washingtons Richtung aus. Er hebt seinen Kopf nicht. Ich will nichts mehr mit dir zu tun haben, sage ich.

Plötzlich wird es ruhig. Ich sage es erneut. Diesmal etwas lauter und bestimmter. Ich will nichts mehr mit dir zu tun haben. Dieses Mal gibt es niemanden, der mich nicht gehört hat. Washington hebt den Kopf und schaut in meine Richtung. Und ich schaue ihn an. Ich bin nicht dein Hund, sage ich. Es gibt hier keinen Hund für dich.

Ich ziehe die Mütze ab. Ich werfe sie aus dem Fenster. Die Mütze fliegt davon. Dann bleibt alles still. Die Mütze fällt zu Boden.

18
Ich habe mich dazu entschlossen, nicht mehr daran zu denken, was danach passiert ist.

19
Ich habe nun wirklich niemanden mehr, mit dem ich spielen kann. Das ist, weil alle anderen unbedeutend sind. Natürlich bin auch ich unbedeutend. Deswegen reicht es, wenn ich alleine bin. Wenn unbedeutende Leute sich treffen, kann es sowieso nur noch unbedeutender werden. Ich brauche mit niemandem zu spielen. Bei Hunden ist das genauso. Hunde haben keine Freunde. Hunde haben nur Besitzer. Das reicht. Was ist schon der Unterschied zwischen Menschen und Hunden. Also werde ich leben wie ein Hund. Das habe ich beschlossen. Ich blättere auf die nächste Seite des Buches. Gerade ist Sozialkundeunterricht. In dem Buch ist eine Karte abgebildet. Eine Karte von einem

Ort, an dem ich noch niemals war. Daneben ist ein Bild von Menschen, die ich noch nie gesehen habe. Sie lachen. Und das hat absolut nichts mit mir zu tun. Ich muss ein Hund werden. Entschließe ich mich nochmals. Gut. So mach ich's. Sowas wie Freunde brauche ich nicht. Nein, so etwas wie Freunde kann es gar nicht geben. Weil ich keine habe. Rang, ich hasse dich. Ich schaue zu ihrem Platz hinüber. Aber Rang ist nicht dort. Rang ist heute nicht zur Schule gekommen.

Es ist cool, wenn man keine Freunde hat. Weil es mich überhaupt nicht zu interessieren braucht, ob Rang zur Schule kommt oder nicht. Das bedeutet, dass die Eisenmurmeln leichter werden. Es bedeutet, dass ich in aller Ruhe zu Hause bleiben kann. Es bedeutet, dass ich auf nichts warten muss. Es bedeutet, dass ich keine Hoffnung zu haben brauche. Am Ende ist es erfrischend, von Anfang an zu wissen, dass alles schlechter wird. Weil man dann auch über nichts enttäuscht sein muss. Aber warum würde ich dann am liebsten weinen? Nein, ich weinte bereits. Ich blinzelte und eine Träne kullerte an meinem Gesicht herunter. Sie zerplatzte, kaum war sie auf die Buchseite getropft. Sie wurde zu einem dunklen Fleck, der in das Papier eindrang. Ich legte meinen Finger auf den Fleck. Er war leicht heiß. Nein, er war leicht kalt. Ich blätterte wieder eine Seite weiter. Ich hielt den Stift so fest in der Hand, als würde ich ihn zerbrechen wollen. Ich dachte mir, es ist okay zu zweifeln. Die Tränen werden schon bald wieder trocknen und die Dunkelheit wird sich wieder erhellen. Deswegen brauchst du dir keine Gedanken zu machen.

20
Es wird immer qualvoller und bedeutungsloser.

21
Rang kommt nicht zur Schule.
Sie kommt jede Nacht in meine Träume.

22
Seitdem Rang nicht mehr zur Schule kommt, ist den Jungen mit den Baseballmützen langweilig. Nein, auch den anderen Schülern ist es etwas langweilig. Sie machen zumindest Gesichter, als wäre es so. Wir alle brauchten eine neue Rang. Weil Langeweile das Schlimmste ist, was Kindern passieren kann. Weil Langeweile noch angsteinflößender ist, als einen Freund totzutreten. Deswegen warteten wir alle auf eine neue Rang und fanden sie auch schnell. Nämlich mich. Ich stand im Flur. Ich betrachtete die Bäume, die draußen vor dem Fenster standen. Die Bäume leuchteten in einem blassen Grün. Von links kam Washington. Von rechts kam Tokyo. Unter den blassen Bäumen schaute

Shanghai zu mir herauf. Ich bewegte mich nicht. Weil ich nicht wusste, was ich tun sollte. Weil ich nicht wusste, was es zu bedeuten hatte.

Ah!

Nicht ich hatte geschrien, sondern Washington. Ich schaute Washington an. Washington schaute mich mit verzerrtem Gesicht an. Ich hatte kein Wort gesagt. Ah!, schrie Washington erneut.

Was soll das?, sagte ich.

Warum schlägst du mich?, fragte Washington.

Ich habe dich nicht geschlagen.

Ich habe gefragt, warum du mich schlägst?

Wann habe ich dich …

Plötzlich packte er mich an den Haaren und fing an, mich zu schütteln. Ah, ah, schrie ich. Er schüttelte meinen Kopf noch stärker. Ich schwankte hin und her und fiel zu Boden. Hahaha. Washington lachte. Hahaha. Die anderen Mützen lachten auch. Hahaha. Das Lachen entfernte sich. Immer weiter weg. Bis es irgendwann verschwunden war. Danach wurde es komplett still. Als wäre nichts gewesen. Aber ich wusste es. Dass dies nicht das Ende war. Es war nur der Anfang.

23

Es war eindeutig, dass die Lehrer mich nicht sonderlich mochten. Weil sie nichts unternahmen, wenn die Jungen mit den Mützen mich verprügelten. Es war eindeutig, dass sie die Jungen mehr mochten als mich. Das war, weil ihre Mütter jede Woche in weißen und roten Autos über den Sportplatz fuhren, um sie abzuholen. Meine Mutter kann das nicht machen. Weil sie kein Auto hat. Sie hat kein Auto, weil wir kein Geld haben. Dreckig. Solche Gedanken sind wirklich dreckig. Aber es war ja nicht so, dass ich lügen würde. Der Punkt ist, dass ich geschlagen werde. Nein, ich werde vielmehr herumgerollt. Nein, ich werde vielmehr ausgezogen. Nein, ich werde vielmehr angefasst. Washington fasst mich nun nicht mehr an wie einen Hund. Er fasst mich an wie eine nackte Barbiepuppe. Nein, er fasst mich nicht an. Er berührt mich. Als würde er etwas abreiben. Natürlich denke ich in diesen Momenten an schlechte Dinge. Ich denke, dass ich ihn umbringen möchte. Ich stelle mir vor, wie ich ihn umbringe. Aber um ehrlich zu sein, ist es besser, in einer solchen Situation an gar nichts zu denken. Es ist besser stehen zu bleiben, wie eine Uhr, bei der man die Batterien herausgenommen hat. Es ist besser, diese Momente, die vor einem liegen, herauszuschneiden und so zu tun, als würden sie nicht existieren. Es ist besser so zu tun, als wäre alles nur ein Albtraum. Aber es ist definitiv ein großes Problem, wenn man jeden Tag nach dem Unterricht verprügelt wird und schwankend nach Hause geht. Es gibt keine Alternative. Alle sind weit entfernt von mir. Ich bin noch mehr alleine als sonst. Vielleicht ist es einfacher, Washington umzubringen, als das zu ertragen. Ich könnte einfach heimlich einen Hammer mitbringen. Wenn die Glocke zum Unterricht läutet, bleibe ich ganz ruhig sitzen. Nach etwa fünfzehn Minuten Unterricht müsste ich nur plötzlich aufstehen und mit meinem Rucksack nach draußen gehen. Und ich gehe leise in den Klassenraum nebenan. Weil dort der Klassenraum von Washington ist. Dort wird Washington ganz hinten, ganz links sitzen. Ich muss nur auf ihn zugehen und blitzschnell den Hammer hervorholen. Und dann muss ich nur noch seinen Kopf damit einschlagen. Das war's. Es wäre viel einfacher, als man vielleicht denken mag.

Aber ich weiß, dass ich es nicht tun könnte. Und das weiß auch Washington. Er weiß, dass ihm niemand etwas antun kann. Und weil wir ebenfalls wissen, dass er es weiß, unternehmen wir nichts. Deswegen wird er leben. Weiter. Er wird noch lange, lange leben.

Die Schüler, die zuschauen, sind extrem still.

Was genau wünscht ihr euch, das passiert? Was wünscht ihr euch, das passiert? Ich werde euch zuhören, also erzählt es ruhig.

ICH HAB GESAGT IHR SOLLT ES SAGEN!

Zieh deine Bluse aus,

sagt Washington.
Dann werde ich dich nicht schlagen.

Washington lacht.

Und er ist immer noch niedlich.

Alle schauen zu. Meine Wange ist nass. Irgendetwas

Klebt daran.

Jemand spricht. Aber ich höre es nicht richtig. Meine Ohren sind verstopft. Mein Mund scheinbar auch. Nein, er ist nicht verstopft. Ich esse etwas. Nein, ich esse nichts. Etwas ist drin. In meinem Mund. Nein, in meiner Hand. Nein, es klebt an meiner Fußsohle. Nein, in meinem Haar, in meinen Wimpern. Es prickelt. Zwischen meinen Fußzehen. Etwas schlängelt sich. Etwas Lebendes. Es klettert an meinem Fußrücken hoch. Nein, herunter. Nein, eins klettert hoch, eins runter. Nein, es sind keine zwei, sondern drei. Ich wanke. Nein, ich zittere. Mir ist kalt. Nein, ich schwitze. Nein, ich weine.

Zieh deinen Rock aus. Dann schlage ich dich nicht.
    Zieh deine Unterhose aus. Dann schlage ich dich nicht.

Dann schlage ich dich nicht. Sagt er und schlägt mich.

Ich kann nicht
richtig atmen.

Alle haben Baseballmützen auf.
Fast als wären sie alle eine große Mütze.
Es ist helllichter Tag. Glaube ich zumindest. Aber
vor meinen Augen erscheint alles pechschwarz.
Es ist zu dunkel und ich kann
kein einziges Gesicht
erkennen.

Es wird abgezogen. Meine Haut, oder meine Socken?

Es verschwindet. Meine Sinne, oder mein Rock?

Es zerreißt. Meine Lippen, oder mein BH?

Warum zur Hölle tut ihr mir das an!

Du fragst, warum?

Das ist, weil wir Angsthasen sind,

ja,

WEIL WIR ANGSTHASEN SIND!

Rufen die Angsthasen. Gleichzeitig strecken sich meine Arme, nein, meine Beine. Dort ist ein riesiges Loch. Und alles wird in dieses riesige Loch hineingesaugt. Aber das Loch bin ich. Washington lacht. Er ist immer noch niedlich. Denke ich. Ich schließe die Augen. Aber ich sehe immer noch sein Lächeln. Das Lächeln verschwindet nicht und bleibt vor meinem inneren Auge stehen. Ich möchte ihn nun nicht mehr länger umbringen. Ich möchte selber sterben. Ich möchte sterben.

24

Rang öffnete ihre Handfläche. Auf ihrer Hand stand die Zahl Siebzehn. Es war das siebzehnte Mal. Dass Rang in meinem Traum aufgetaucht ist. Rang hatte mir gesagt, dass das so ist. Deswegen war das auch so. Ich weiß absolut gar nichts mehr. In meinem Traum hatte Rang, auf deren Handfläche die Zahl Siebzehn steht, ihre Handfläche siebzehn Stunden lang geöffnet gehabt. Und ich schaute siebzehn Stunden lang stillschweigend ihre geöffnete Handfläche an. Die Zeit verging viel, viel langsamer. Und auch mein Körper bewegte sich viel, viel langsamer. In Rangs Körper begann ein Licht zu leuchten. Das Licht wurde immer heller, bis es irgendwann den ganzen Raum erfüllte. Ich schaute weiterhin Rang an. Plötzlich wurde mir bewusst, dass wir uns in einer Mütze befanden. Wir waren in der Washington-Mütze drinnen. Wir zappelten in der Mütze umher wie kleine Mäuse.

25
Das achtzehnte Mal.

26
Da ich nicht mehr träumen wollte, hatte ich mir vorgenommen, ab jetzt nachts nicht mehr zu schlafen. Mit weit aufgerissenen Augen betrachtete ich die ganze Nacht meine Mutter, meinen Vater und meinen Bruder. Zum Glück schliefen meine Mutter, mein Vater und mein Bruder sehr gut. Sobald die Sonne aufgegangen war, schwang ich mir schnell meinen Schulranzen um und ging zur Schule. In der Schule war niemand. Ich öffnete das Fenster, kletterte ins Krankenzimmer und schlief dort. Ich träumte nicht im Schlaf. Es war einfach nur weiß und hell, genauso wie das Krankenzimmer. Als ich wieder aufwachte, wollte ich ins Klassenzimmer gehen und öffnete die Tür des Krankenzimmers, da tauchten von links die Jungen mit den Mützen auf und zogen mich an den Haaren. Selbst als ich fortgeschleift wurde, schlief ich immer wieder kurz ein. Ich wurde jetzt auch gar nicht mehr wütend. Ich war einfach nur müde. Nein, es fühlte sich nun alles vielmehr an, als wäre es nur

ein Traum. Ich befand mich mehr und mehr in einem Traum. Ich konnte Rang überall sehen, wo ich war. Ich quälte meinen Bruder nicht mehr. Auch wenn ich ihn ab und zu noch am liebsten getreten hätte. Aber weil ich zu müde war, konnte ich es nicht tun. Ich klebte auf dem Boden wie geschmolzener Käse und konnte mich nicht mehr bewegen. Ich lag festgeklebt auf dem Boden und ich sah vor meinen Augen eine langsam schwankende Rang.

27

Als ich durch das Schultor kam, schwankte der Sportplatz vor mir. Ich begann schwankend im Zickzack über den Platz zu laufen. Daraufhin liefen die Jungen mit den Baseballmützen im Zickzack hinter mir her. Aber es war okay. Weil Rang neben mir war. Auch wenn ich die Augen öffnete, war ich immer noch auf der gleichen Stelle. Ich lief immer noch im Zickzack auf der gleichen Stelle. Neben mir Rang und hinter uns die Jungen mit den Baseballmützen, die im Zickzack hinter uns herliefen.

Ich öffnete die Tür, aber es war niemand im Klassenzimmer. Kaum war ich über die Türschwelle getreten, fiel ich zu Boden. Ich schlief auf der Stelle ein.

In meinem Traum sagte Rang Folgendes zu mir. Ich habe beschlossen, nicht länger in deinen Träumen aufzutauchen.

Weil ich dich nicht mehr mag.

Rang und ich liefen im Zickzack über den Sportplatz. Der Wind wehte und rüttelte durch Rangs Haare. Ich konnte kein Wort hervorbringen.

Das ist also das letzte Mal. Tschüss.

Rang begann sich zu entfernen. Im Zickzack meine ich natürlich. Ich fing an zu zappeln. Ich glaube, ich habe gesagt, dass sie nicht gehen soll. Und dann wachte ich aus dem Traum auf.

Ich wachte auf und meine Lehrerin schaute auf mich herab.

Geht es dir nicht gut?

Nein.

Dann geh zurück auf deinen Platz und setz dich hin.

Das machte ich. Als ich nach vorne schaute, war ich völlig überrascht. Rang war dort. Rang saß auf dem Platz vor mir. Rang winkte. Ich winkte zurück.

Du bist müde, sagte Rang.

Ja.

Rang lachte. Sie schien gute Laune zu haben. Das war seltsam. Weil meine Laune nicht gut war.

Rang, ich hasse dich,

sagte ich. Daraufhin antwortete Rang,

Ja, ich hasse dich auch.

Dann war sie plötzlich verschwunden. Ich öffnete meine Augen und wir waren wieder auf dem Sportplatz.

Ich habe beschlossen, nicht länger in deinen Träumen aufzutauchen, sagte Rang.

Weil ich dich nicht mehr mag.

Rang und ich liefen im Zickzack über den Sportplatz. Der Wind wehte und rüttelte durch Rangs Haare. Ich konnte kein Wort hervorbringen.

Das ist also das letzte Mal. Tschüss.

Ich wachte wieder aus dem Traum auf. Als ich nach oben schaute, blickte meine Lehrerin auf mich herab.

Geht es dir nicht gut?

Ja.

Dann geh ins Krankenzimmer.

Ich stand auf. Alle Schüler schauten mir gleichzeitig hinterher. Rang war nicht unter ihnen. Allerdings fühlte es sich so an, als würde sie sich irgendwo verstecken und mir zuschauen. Unter dem Tisch. Oder vor dem Fenster auf dem Flur. Oder im Spind. Da ich langsam Angst bekam, verließ ich eilig das Klassenzimmer. Ich sah Rang immer noch nicht. Aber ich war mir sicher. Dass sie irgendwo dort war und mir zusah. Warum Rang das tun sollte? Natürlich um mich zu quälen. Ich rannte die Treppen herunter. Auf der anderen Seite des Fensters sah ich die Jungen mit den Baseballmützen. Ich überquerte den Sportplatz in einer geraden Linie. Die Jungen verfolgten mich diesmal nicht. Ich lief durch das Schultor. Rang war weiterhin nirgendwo zu sehen. Ich lief über den Zebrastreifen. An der Seitengasse vorbei. Rang war weiterhin nirgendwo zu sehen. Im Endeffekt tauchte sie auch nicht auf, nachdem ich zu Hause angekommen war. Als ich die Tür öffnete, sah ich direkt auf meinen Bruder. Wie immer lag er auf dem Boden. Aber aus irgendeinem Grund sah er diesmal ein wenig grünlich aus. Ich sah auf meinen leicht grünen Bruder herab. Er hatte zwar die Augen geschlossen, aber er schien nicht zu schlafen. Ich zog ihn zu mir heran. Daraufhin fing er an zu strampeln. Er atmete mit seinem grünen Gesicht grüne Atemzüge und strampelte. Es ist okay, flüsterte ich. Es ist okay. Es ist okay. Es ist okay. Ich schloss die Augen. Und schlief langsam, ganz langsam ein.

28

Als ich die Augen öffnete, hatte die Abenddämmerung bereits eingesetzt. Der Himmel war so rot, dass es schien, als wäre die ganze Welt in Feuer getaucht. Das Fenster stand sperrangelweit offen und zusammen mit der Abenddämmerung drang der Geruch von dunkler Sojasoße herein. Mein Bruder lag links in der Ecke und schlief, als wäre er tot. Ich stand auf und ging zum Fenster. Der scharlachrote Sonnenuntergang schien die Fabrik komplett zu verschlingen. Das war ein wahrhaft gruseliger Anblick. Es war so gruselig, dass die ganze Welt zu verschwinden schien, sobald die Sonne komplett untergegangen war.

Ich schloss das Fenster.

Mein Bruder lag immer noch in der Ecke. Genauso wie vorhin. Allerdings schien er noch grüner als vorhin. Das war seltsam. Ich schaltete den Fernseher ein und setzte mich auf den Boden. Im Fernsehen war ein Berg zu sehen, auf dem ein Feuer ausgebrochen war. Der Berg war grün. Genauso wie mein Bruder, meine ich. Und das Feuer war rot. Genauso wie die Abenddämmerung, meine ich. Ein Hubschrauber flog über den Berg. Er versprühte im Flug etwas Weißes. Ich schaute meinen Bruder an. Das Grün war noch dunkler geworden. Es war so grün, dass es schon eher aussah wie Schwarz. Ich schüttelte den Kopf. Träume ich gerade? Warum wache ich nicht auf? Ich schaltete den Fernseher aus. Und rief meinen Bruder.

Mein Bruder antwortete nicht.

Hey, wach auf! Ich habe Hunger. Mach mir eine Nudelsuppe!

Es war weiterhin still.

Hey, du sollst aufwachen! Ich habe gesagt, du sollst mir eine Nudelsuppe kochen!

Ich streckte die Hand in Richtung meines Bruders aus. In dem Moment, in dem meine Hand meinen Bruder berührte, erstarrte ich zu Eis. Augenblicklich wurde die ganze Welt grün. Alles vor meinen Augen. Die Decke, der Boden auch, der Fernseher auch, mein Bruder auch, alles. Deswegen konnte ich nicht ausmachen, was davon nun mein Bruder war. Nichts bewegte sich und nichts gab ein Geräusch von sich. Nur das Grün wurde immer dunkler. Die längste Sekunde der Welt verstrich. Ich zwang mich, den Mund zu öffnen. Daraufhin trat ein schwaches Geräusch hervor. Das Geräusch wurde größer und größer, bis es zu einem Schrei wurde. Ich hielt mir die Ohren zu und begann davonzulaufen.

29

Das ist ein Traum. Nein, es ist kein Traum. Doch, es ist ein Traum. Das kann nicht sein! Nein! Du denkst doch auch so, oder? Dass es schön wäre, wenn es ein Traum ist. Oder? Ich weiß nicht. Ich will das Meer sehen. Ich will ins Meer gehen. Ich will ins Meer gehen und nie wieder herauskommen. Nein, ich werde es tun. Ich werde das tun. Ich werde nie wieder herauskommen. Ich werde nicht zurückkommen. Ich werde nicht zurückkommen. Ich werde ins Wasser gehen. Ich werde reingehen und nie wieder rauskommen. Ich werde zu einem Fisch werden! Ja,

ICH WERDE EIN FISCH!

Die Möwen, die am dunklen Himmel kreisten, sahen aus wie ein Fischschwarm im Meer. Der Weg versank in blauem Licht. Im Wind mischten sich die Farben von Sand und Wellen. Der Mond und die Sterne versteckten sich hinter den Wolken und waren nicht zu sehen. Weit entfernt sah ich ein schwach flackerndes Licht.

In der Ferne hörte ich das Geräusch der Wellen, als würden sie flüstern. Der Geruch des Meeres wurde immer deutlicher. Die Wolken, die den Himmel bedeckten, standen still, als wären sie tot. Das Meer kam immer näher. Und ich rannte. Mein Gesicht war bedeckt mit Schweiß und Tränen. Und in dem Moment, als ich ins Meer lief, spürte ich, dass sich jemand an meiner Seite befand. Das war Rang.

Ich, B und Buch

Ich will es lediglich ausprobieren.
Nein, du bist verrückt und willst dich umbringen.
Nein, ich will es nur wissen.
Was?
Wie viel Prozent meine Verzweiflung hat.

1
Wir gehen nach Ende.

2
Ich schaute aufs Meer hinaus. Über dem rotgefärbten Meer schwebten goldene Vögel. Die in der Ferne schwankenden Boote waren wie schwarze Schatten. Die roten Wellen brachten das Meer ins Schwanken und verschwanden in der Ferne. Ich hatte mich entschlossen. Dass ich nicht mehr zu Schule gehen würde. Nein, dass ich nirgendwo mehr hingehen würde. So wie Buch. Ich schaute hinter mich. Buch saß auf dem Sand und las ein Buch. Er hatte beim Lesen den Kopf so in Richtung des Buches ausgestreckt, als wolle er hineinsteigen. Es gibt alle möglichen Bücher auf dieser Welt, die von allen möglichen Dingen handeln, sagte Buch. Weil alle möglichen Menschen alle möglichen Bücher schreiben. Und diese Dinge sind alle über die Welt außerhalb der Bücher. Bücher kommen

nicht aus Büchern. Alles kommt von außerhalb der Bücher in die Bücher rein. Das würde ich auch gerne. Ich möchte in das Buch hineingehen, sagte Buch. Wir waren in Buchs Haus und aßen Fertignudelsuppe. Buch sprach weiter. Ich lese die Bücher einfach nur. Sonst mache ich nichts. Ich schreibe keine Rezensionen. Ich male nicht vor lauter Ergriffenheit ein Bild, oder singe ein Lied darüber. Ich werde nicht schlauer und werde auch weder breiter noch schmaler. Ich werde auch nicht tiefer oder flacher. Ich werde weder erwachsener noch kindischer. Ich werde nicht reichhaltiger und auch nicht verwüsteter. Das bedeutet es, ein Buch wirklich zu lesen. Dachte ich. Menschen lesen Bücher, weil sie etwas erfahren wollen. Sie lesen Bücher, weil sie etwas erreichen wollen. Sie wollen schlauer werden, sie wollen sich verändern, oder sie wollen etwas verändern, sie wollen anders werden, sie wollen noch weitergehen, sie wollen über Dinge nachdenken, sie wollen sich an etwas erinnern, sie wollen noch tiefgründiger werden, noch besser werden, oder auch schlechter werden. Sie lesen Bücher, um ihre Langeweile zu vergessen, um ihre Trauer zu vergessen, nein, um traurig zu werden, um gelangweilt zu sein, um glücklicher zu werden, nein, um nicht glücklich zu sein, um wütend zu werden, um Wut zu ertragen, um nicht mehr wütend zu sein, um zu verzeihen, um nicht zu verzeihen, um zu weinen und um die Tränen wegzuwischen. Um es anders auszudrücken, sie lesen Bücher, weil sie Angst haben. Aber ich habe keine Angst. Ich bin hierhergekommen, um Bücher wirklich zu lesen. Ich bin an diesen Ort gekommen, wo niemand ist, den ich kenne. Ich kenne diese Stadt nicht. Sie interessiert mich auch nicht. Ich möchte auch nichts über sie wissen. Ich will einfach nur Bücher lesen. Die Leute sagen immer, dass es nicht gut für die Psyche ist, nur Bücher zu lesen, so wie ich. Deswegen soll man nicht nur Bücher lesen. Man soll auch etwas anderes tun, außer Bücher zu lesen. Man soll ab und zu auch mal einen Film ansehen, Leute treffen, was Leckeres essen und sich auch ab und zu mal Gedanken über die Stadt, das Land und die Welt machen, in der man lebt. Aber ich denke nicht so. Nein, ich will nicht so sein. Ich wünsche mir, dass mich alle in Ruhe lassen. Es interessiert mich nicht die Bohne, in welchem Land ich lebe, ob das Land morgen den Namen wechselt oder ob die Welt untergeht. Es ist eh immer das Gleiche. Menschen werden geboren und sterben wieder. Und dazwischen essen sie. Sie essen, um nicht zu sterben. Das war's. Mir ist es egal, ob ich Brot oder Nudelsuppe esse. Alles, was ich brauche, sind Bücher. Die Menschen glauben, dass ich so denke, weil ich verrückt geworden bin. Aber ich glaube, dass sie alle genauso verrückt sind. Alle sind verrückt. Sie sind nicht bei Verstand. Deswegen hasse ich andere Menschen. Ich hasse auch mich selber. Ich liebe Bücher.

Die untergehende Sonne hatte schlussendlich das ganze Meer verschlungen. Das Meer war noch roter geworden, genauso wie der Himmel und auch Buch. Das ist es, sagte Buch. Ich schaute wieder zu ihm zurück. Buch las nicht in seinem Buch. Er schaute aufs Meer. Ich habe einen Schatten gesehen, sagte Buch. Den Schatten eines Mannes. Der Mann stand nackt und mit hängendem Kopf vorm Waschbecken und hielt es mit beiden Händen fest. Was ich damit sagen will, ist, dass der Mann in das Loch des Waschbeckens hineinkriechen wollte. Ich war total erschrocken, als ich das gesehen habe. Weil ich der Mann war. Genauso wie ich in das Buch hineingehen will, wollte der Mann in den Abfluss des Waschbeckens hineinkriechen. Ja. Ich will ins Buch hineingehen. Das ist mein Traum. Ich möchte ins Buch hineingehen und nie wieder herauskommen, sagte er und sagte danach kein Wort mehr. Ich schaute wieder aufs Meer. Das Meer war nun schwarz. Der Himmel war auch schwarz. Und die Möwen waren ebenfalls genauso schwarz. Alles war zu Schatten geworden. Buch machte eine Taschenlampe an, die er auf sein Buch richtete. Dann las er weiter. Ich hatte angefangen, über das Waschbecken nachzudenken. Über den nackten Mann, über das Waschbecken und über das Loch im Waschbecken. Es war wahrscheinlich ein ziemlich trauriges Bild. Das Bild, das sagt ichmöchtelieberindasLochdesWaschbeckensreinkriechen war sicherlich viel trauriger als das Bild, das sagte ichwillliebersterben. Buchs Schultern waren noch weiter über die Seiten des Buches gebeugt. Ich wollte nicht in das Loch des Waschbeckens hineinkriechen. Und ich wollte auch nicht im Inneren eines Buches verschwinden. Ich wollte lieber vom Meer verschluckt werden. So viel wäre, denke ich, okay. Damit meine ich natürlich so viel Verzweiflung. Wenn man davon ausgeht, dass in einem Waschbecken zu verschwinden hundert Prozent darstellt, dann waren es etwa siebzig Prozent. Wenn vom Meer verschluckt zu werden hundert Prozent sind, dann waren es etwa hundertzwanzig Prozent, in einem Buch zu verschwinden. Ja, etwa so viel Verzweiflung. Man musste etwa mit hundertzwanzig Prozent Verzweiflung beten, um gerade mal so einen Finger ins Buch einzutauchen. Aber hundertzwanzig Prozent zu erreichen war unmöglich. Selbst wenn man Glück hatte, waren es vielleicht hundert Prozent? Hundertzwanzig Prozent geht nicht. Das war schon

ein Wunder.

Aber wenn dem so war, hoffte Buch dann auf ein Wunder?

Ich schaute zurück zu ihm.

Buch las sein Buch.

Ja, Buch hoffte auf ein Wunder. Deswegen sagen auch alle, er ist verrückt, flüsterte jemand in mein Ohr. Ich sah mich erschrocken um. Aber da war niemand.

Außer natürlich Buch. Aber das war nicht Buchs Stimme. Denn es war ziemlich sicher meine Stimme gewesen. Buch ist verrückt, hatte meine Stimme gesagt. Ich blieb still. Buch ist verrückt. Deswegen redet er wirres Zeug. Er will dich mit seinem wirren Gerede anlocken.

Mich? Warum?

Weil er will, dass du auch verrückt wirst.

Ja, aber warum?

Weil er einsam ist, sagte meine Stimme. Ich schaute zu Buch hinüber. Er sah wirklich einsam aus, wie er so alleine dasaß.

Wenn ich verrückt werde, ist Buch dann nicht noch einsamer?

Vielleicht.

Aber mal eine andere Frage, warum rede ich eigentlich mit mir selbst? Warum sage ich zu mir du? Bin ich etwa auch schon verrückt?

Nein, noch bist du nicht verrückt.

Wirklich?

Ja, aber du bist auf dem besten Weg dahin.

Wieso?

Du bist schon seit einer Woche nicht mehr zur Schule gegangen.

Aber Mama hat noch nichts gesagt.

Sie tut so, als wüsste sie von nichts.

Warum?

Weil sie denkt, du bist verrückt.

Aber du hast doch gesagt, ich bin nicht verrückt. Noch nicht. Aber ich habe doch gesagt, dass du auf dem besten Weg dorthin bist.

Das ist kompliziert.

Nein, es ist ganz einfach.

Nein, es ist kompliziert.

Nein, es ist einfach. Es fühlt sich einfach nur kompliziert an, weil du dabei bist, verrückt zu werden.

Echt?

Geh nach Hause.

Warum?

Weil du nur dann wieder normal wirst.

Bedeutet das etwa, dass ich im Moment nicht normal bin?

Im Moment willst du ins Meer laufen.

Ich will es lediglich ausprobieren.

Nein, du bist verrückt und willst dich umbringen.

Nein, ich will es nur wissen.

Was?

Wie viel Prozent meine Verzweiflung hat.

Aber …

Meiner Ansicht nach ist Buch nicht verrückt. Er hat lediglich einen Wunsch, auf den er hofft. Er wartet auf ein Wunder.

Deswegen ist er verrückt.

Nein.

Doch.

Ich will auch so verzweifelt werden.

Warum?

Weil ich zum Meer werden will.

Alles, was du werden wirst, ist eine Schülerin, die in die Oberstufe geht.

Nein danke, ich werde nicht mehr zur Schule gehen.

Halt an! Du bist auf dem Weg ins Meer.

Keine Lust.

Du wirst sterben.

Nein, ich werde eins mit dem Meer werden.

Tu es nicht, du musst eine Oberstufenschülerin werden.

Warum muss ich das?

Darum. Mach einfach, was ich sage. Es ist ganz einfach. Du musst einfach nur zurück nach Hause gehen. Es ist einfach. Ganz einfach.

Nein, es ist kompliziert. Und schwierig.

Es ist nicht kompliziert. Es ist ganz einfach.

Nein.

Aber du wirst bald nach Hause zurückgehen.

Nein!,

schrie ich.

Nein! Ich geh nicht nach Hause zurück! Ich gehe auf keinen Fall in die Oberstufe! Niemals! Ich werde eins mit dem Meer!

Das Wasser ging mir bereits bis zum Oberschenkel. Ich lief immer weiter. Bald hatte das Wasser meinen

Hintern bedeckt. Und erreichte die Hüfte und bald auch meine Arme. Danach umschlang das Wasser meine Brust und danach meinen Hals. Ich hielt an und schaute zurück. Buch war weit entfernt. Ich machte noch einen weiteren Schritt vorwärts. Das Wasser verschluckte meine Lippen. Ich atmete tief ein. Das Wasser verschlang auch meine Nase. Ich blinzelte. Ich muss noch verzweifelter werden. Und das Wasser verschluckte meine Augen. Ich ging einen weiteren Schritt nach vorne. Plötzlich brach etwas unter meinem Fuß zusammen. Ich verlor das Gleichgewicht, fiel und sank sofort nach unten, als würde mich jemand herunterziehen. Anstatt mich zu sträuben, schloss ich die Augen und begann über Verzweiflung nachzudenken. Und ich sank noch tiefer. Ich … konnte wohl nicht noch verzweifelter werden. Ich fing an zu weinen. Die Tränen, die hervortraten, vermischten sich sofort mit dem Meerwasser. Das Meer umarmte mich wie eine schwere Decke und zog mich immer weiter hinunter. Noch mehr, noch mehr halte ich nicht aus. Dachte ich. Aber genau in dem Moment berührte etwas Weiches meinen Körper. Und mein Körper fing wieder an, in Richtung Wasseroberfläche aufzusteigen. Aus weiter Ferne begann ein schwaches Leuchten auf mich zuzukommen. Von einem Moment auf den anderen tauchte ich aus dem Wasser auf. Ich öffnete die Augen. Dort war Bs Gesicht. Hundertzwanzig Prozent. Ein Wunder war geschehen.

3

Hundertzwanzig Prozent, sagte Rang. Und fiel mir entgegen.

4

B weinte. Die Wellen brachen über ihrem nassen Gesicht zusammen. Es sah so aus, als wäre die ganze Welt voller Tränen. Ich hielt ihre Hand fest in meiner. In der Ferne sah ich Buch auf uns zurennen. B drückte meine Hand. Und wir verließen zusammen das Meer.

5

Als wir die Tür zum Highway-Supermarkt öffneten, kam uns ein großer weißer Hund entgegen, der mit dem Schwanz wedelte. Aus unseren Klamotten tropfte immer noch das Wasser. Hinter den verstaubten Regalen floss Licht aus einem Türspalt. Die Tür öffnete sich. Daraufhin wurde der vom Schwarz durchnässte Boden vom Licht erhellt.

Während wir uns mit den Handtüchern abtrockneten, die die alte Frau uns gegeben hatte, lungerte Buch draußen vor der Tür herum. Die alte Frau brachte uns warmen Tee. Ich sah eine Plastiktüte an Buchs Arm schlenkern. Aus dem Raum hinter der Tür drang ganz leise das Geräusch eines Fernsehers hervor.

Warum seid ihr so nass? Seid ihr ins Meer gefallen?, fragte die alte Frau.

Wir hatten die Tassen mit dem heißen Tee in beiden Händen und versuchten, den Tee durch Pusten abzukühlen.

Warum ist er nicht nass?, fragte die alte Frau mit einem Blick auf Buch.

Er hat ein Buch gelesen, sagte ich.

Was?

Ich habe gesagt, er hat ein Buch gelesen.

Dummer Kerl,

sagte die alte Frau.

B brach in Lachen aus.

Warum lachst du?

Na, weil sie dummer Kerl zu ihm gesagt hat. B lachte weiter.

Ich fing auch an zu lachen. Die alte Frau fing auch an zu lachen. Wir lachten gemeinsam. Dadurch wurde nicht nur meine Stimmung besser, sondern mein Körper auch ein wenig wärmer. Wir lachten immer weiter. Meine Stimmung wurde immer besser. Mein Körper immer wärmer. Haaatschi! B musste niesen. Wir lachten immer weiter.

6

Habt ihr beiden wirklich nicht vor, nach Hause zu gehen?, fragte Buch.

Wir saßen nebeneinander auf einem Stuhl und antworteten nicht.

Mein Bein tut weh. Buch klopfte auf sein Knie. Buch sah dabei immer aus wie ein alter Mann. Ich sah B an. Sie versuchte ihr Lachen zu unterdrücken. Ich auch.

Haaatschi!

B musste niesen.

Hast du dich etwa erkältet?!,

schrie Buch.

Nein. B schüttelte mit dem Kopf.

Lüg nicht.

Nein, sagte ich. Haaatschi. B musste erneut niesen.

Das ist schlecht. Ganz schlecht. Buch ballte seine Hände zu Fäusten.

Warum?, fragte ich.

Ich hasse Erkältungen.

Ich auch, sagte B und wischte sich dabei mit der linken Hand über die Nase.

Wenn man sich erkältet, kann man nämlich keine Bücher lesen.

Warum?

Weil sich alles dreht. Er legte dabei seine Hand auf den Kopf und drehte damit Kreise.

Dann liest man halt einfach kein Buch, sagte B. Daraufhin starrte Buch B an. Darauf wiederum starrte B auch Buch an.

Du …, sagte Buch. Nein, vergiss es.

Warum, sag es ruhig.

Du hast Mumm. Hohoho. Buch lachte mit der Hand vor dem Mund.

B brach in Lachen aus.

Was? Was ist so lustig?

Na, du, sagte B.

Ich? Warum?

Hoho. B ahmte das Lachen von Buch nach. Ich biss mir auf die Lippen und senkte den Kopf, soweit es ging.

Da kommt der Bus!

Buch streckte die Hand aus. Wir schauten in die Richtung. Aber dort war nichts. Wir schauten wieder zu Buch hinüber. Nichts.

Hoho…

Buch fing wieder an zu lachen, stoppte aber, als er einen Blick zu B herüberwarf.

Warum kümmert es dich, was ich denke?, sagte B und versuchte, das Lachen zu unterdrücken. Lach ruhig, so viel du willst.

Hoho. Buch wedelte mit der Hand. Das ist eine wahrlich verzwickte Situation.

B fing wieder an zu lachen.

Warum lachst du?! Warum!

Weil du so lustige Sachen sagst. B hielt sich den Bauch vor lauter Lachen. Ah, mein Bauch tut weh.

Buch sah mich an. Sein Gesichtsausdruck schien mir sagen zu wollen, dass ich ihn retten soll.

Jetzt reicht es aber, sagte ich. Du verwirrst ihn ja total.

Oh, echt? B nahm die Hand vom Bauch. Das tut mir leid.

Schon okay.

Nein, es tut mir wirklich leid.

Ich hab doch gesagt, es ist schon okay!

Okay, na dann.

Aber, werden wir eigentlich mit dem Bus fahren?, fragte ich.

Warum, willst du nicht?

Das ist es nicht. Ich habe kein Geld für ein Ticket, sagte ich.

Ich auch nicht, sagte B.

Soll das etwa heißen, dass ich euch Geld geben soll?

Nicht geben. Nur ausleihen, sagte B.

Hoho…

Buch legte eine Hand auf seine Stirn und schüttelte den Kopf.

Warum? Willst du uns nichts geben?, fragte B.

Alles klar. Dann fahr du alleine mit dem Bus vor. Wir werden laufen, sagte ich.

Das ist es nicht! Geld hab ich genug,

schrie Buch, zog Geld aus seiner Hosentasche und streckte es uns hin. Es war ein verkrumpelter Tausend-Won-Schein.

Sowas wie ein Busticket kann ich euch schon noch kaufen.

Ich sah B an. Wie ich bereits vermutet hatte, sah sie aus, als müsste sie vor Lachen sterben. Buch schüttelte den Kopf. Von Weitem ertönte leise das Geräusch eines Automotors. Der Bus war da. Wir standen auf. Der Bus kam langsam zum Stehen und wir stiegen hintereinander ein.

7

Der Bus hielt am nördlichen Ende der Stadt. Es war die letzte Haltestelle und wir waren die letzten Fahrgäste. Der komplett leere Bus verschwand und Buch holte eine Taschenlampe aus seiner Plastiktüte. Wir überquerten die Straße und betraten den Wald. Buch bewegte sich leichtfüßig wie ein Eichhörnchen durch den dunklen Wald. B nieste weiterhin in regelmäßigen Abständen.

Wie weit ist es noch?, fragte ich.

Wir sind da.

Und von einem Schritt auf den nächsten war Buch plötzlich verschwunden. Erschreckt rannten wir zu der Stelle, an der Buch verschwunden war. Von einem Augenblick auf den anderen verschwand der Wald um uns herum und Buch tauchte wieder auf. Auf dem Boden verstreut lagen lauter glitzernde Dinge. Aber es war kein Staub. Es waren Sterne. Wow!, staunte B. Es war nur ein einziger Augenblick. In dem die Zeit stehen geblieben war. Und dann fing sie langsam wieder an zu laufen. Ich werde diesen Augenblick nie vergessen. Dachte ich. Und das war die Wahrheit. Ich erinnere mich auch heute immer noch daran.

8

Erst erkältete sich B, dann ich und als Letztes Buch.

9

Haaatschi! B warf das Tuch, mit dem sie sich die Nase geputzt hatte, auf den Boden. Und brach über dem Bett zusammen. Ahh!, schrie Buch auf, streckte seinen Kopf unter der Decke hervor und schaute B vorwurfsvoll an. Ich lag eingepfercht zwischen Bett und Wand. Die Erkältung hatte meine Nase und meinen Hals bezwungen und pochte nun gegen meine Stirn. Deswegen war mir kalt. Ich habe Hunger, murmelte B mit kraftloser Stimme. Ich zog die Nase hoch. Buch kam unter der Decke hervorgekrochen. B und ich kämpften um die Decke. Buchs Gesicht war ganz rot vor Fieber. Er zog sich drei Jacken übereinander und begann einen Reis-Eintopf zu kochen. Buchs Wohnung erwärmte sich umgehend durch die Hitze des Eintopfs, da sie sehr klein war. Es fühlte sich an, als wäre ich von einer dicken und weichen Baumwolldecke umgeben. Es ist zu warm, sagte ich. Ja, es ist zu warm, sagte B. Nein, es ist kalt, sagte Buch. Aber wir ignorierten seinen Einwand und öffneten die Tür, soweit es ging. Buch beschwerte sich lauthals und schloss die Tür sofort wieder. Der Eintopf begann überzukochen. Uargh. Buch rannte in Richtung Topf und sein Gesicht war dabei so grotesk verzerrt, dass es aussah, als würde er eine Maske tragen. Buch machte den Herd aus und brach auf der Stelle zusammen. B und ich krochen in Richtung Essen, und bei jedem Schritt lief uns der Schweiß über die Stirn. Wir waren wie Idioten. Dachte ich mir. Wie Idioten zitterten wir mit hochroten Gesichtern.

10

In der Nacht, in der unsere Erkältung am schlimmsten wütete, also die letzte Nacht dieser grässlichen Erkältung, konnten wir bis zum Morgengrauen nicht schlafen und litten stöhnend vor uns hin. Buch gab einmal pro Stunde stöhnende Geräusche von sich. B war so still, als wäre sie tot. Ich hatte mich nach links auf die Seite gerollt. In meinem Blickfeld sah ich die in der Ecke liegenden Taschentücher, einen Topf und einen mit Dreck verkrusteten Topf. Ich habe Hunger. Dachte ich. Oh, ich habe Lust auf Erdbeeren. Ich fing an, über Erdbeeren nachzudenken. Daraufhin begannen faszinierenderweise Erdbeeren vom Himmel zu fallen. Wow! Ich streckte meine Hand in Richtung der herunterfallenden Erdbeeren aus. Aber jedes Mal, wenn die Erdbeeren meine Hand berührten, war es heiß und tat weh. Ich schrie auf vor Schmerzen und verkroch mich unter der Decke. Aber B war nicht mehr unter der Decke. B saß am Ende vom Bett. Sie saß da, mit einem Gesicht, das so weiß war wie Milch. Sie begann zu reden.

In meinem Traum ist mein Bruder gestorben. Also haben meine Mutter, mein Vater und ich ihn begraben. Mama hat ein Loch gegraben. Papa auch. Ich stand Wache. Es war eine extrem kalte Winternacht. Man konnte den eigenen Atem sehen. Der Erdhaufen wurde immer höher. Das Loch wurde immer tiefer. Mama hat meinen Bruder an den Beinen gepackt. Papa seinen Kopf. Und ich seinen Hintern. Eins, zwei, drei. Wir haben meinen Bruder in das Loch geworfen. Mama fing an zu weinen. Papa hat sich eine Zigarette angezündet. Ich habe eine Mandarine aus meiner Tasche gezogen, aber die war genauso grün wie mein Bruder. Vor Schreck habe ich die Mandarine in das Loch geworfen. Wir müssen uns beeilen, hat Mama gesagt. Papa hat genickt. Und zusammen haben sie das Loch wieder zugeschüttet. Als das Loch vollständig geschlossen war, war die Sonne bereits am Aufgehen. Dann kam die Polizei. Mama und Papa sind weggerannt. Und haben mich zurückgelassen. Mama!, habe ich gerufen. Papa! Allerdings waren Mama und Papa da bereits verschwunden. Ich bin allein gewesen. Ich bin alleine davongelaufen und habe geweint. Die Polizisten haben mich verfolgt. Bei dem Versuch, noch schneller zu laufen, bin ich gestolpert und ins Meer gefallen. Mein Bruder stand über der Wasseroberfläche und hat auf mich herabgeschaut. Die Polizisten haben auch auf mich herabgeschaut. Rang, du hast auch auf mich herabgeschaut. Aber alle waren grün. Nur ich nicht. Ich war so verwirrt, dass ich mich in die Tiefe sinken ließ.

Ich wollte im Traum Erdbeeren essen. Sagte ich. Aber ich war der Winter. Ich war der kalte und karge Winter. Deswegen konnte ich keine Erdbeeren essen. Mir blieb also nichts anderes übrig, als zum Meer zu gehen. Das Meer war so kalt, dass ich daran festgefroren bin. Deswegen konnte ich nicht schwimmen. Niemand dort konnte schwimmen. Weil das Meer zugefroren war. Niemand wusste, was eine Welle ist. Und auch nicht, was ein Fisch ist. Dafür konnten alle total gut Schlittschuhlaufen. Weil sie jeden Tag auf dem Eis schlittschuhgelaufen sind. Und sie haben Pinguine gefangen und gegessen. Es gab hundert verschiedene Gerichte mit Pinguin. Gebratener Reis mit Pinguin, Pinguin-Sandwich, Nudeln mit Pinguin, Pinguin-Kekse, Pinguin-Eintopf, alle hundert Gerichte waren total lecker. Aber ich wollte doch einfach nur Erdbeeren essen! Stattdessen musste ich jeden Morgen Pinguin-Suppe und Pinguin-Brot essen. In meinem Traum kamen jeden Tag Pinguine zu mir und flehten mich an, sie zu retten. Deswegen konnte ich nicht schlafen. Ich bin dann weinend aus dem Traum aufgewacht. Und hatte Hunger auf Erdbeeren.

Ich konnte rein gar nichts tun, sagte B. Mein Bruder war einfach zu grün. Ich habe meinen Bruder dafür gehasst. Ich hasse ihn einfach zu sehr. Deswegen konnte ich nicht weinen. B fing an zu weinen. Ich habe meinen Bruder einfach zu sehr gehasst. Ich habe meinen Bruder geliebt. Ich habe meinen Bruder gequält. Deswegen!, schrie B. Ich habe es verdient, in die Tiefe zu sinken! Bs Schrei hörte sich an wie der Hilferuf der Pinguine. Aber mein Bruder war doch grün! Ich hatte einfach zu viel Angst. Mein Bruder hatte eine Krankheit, die ihn zu Laub werden ließ. Und das war alles meine Schuld. Ich habe seine Medizin weggeworfen. Ich habe ihn dazu gezwungen, mir Nudelsuppe zu kochen. Ich habe ihn getreten. Als er schlief, habe ich gebetet, dass er endlich bald stirbt!

Ich habe meinen kranken Bruder getreten!, schrie B.

Deswegen ist er gestorben!

Als ich Bs Schrei hörte, fiel ich wieder in meinen Traum hinab. Mein Traum war voller Erdbeeren. Ich wollte eine Erdbeere aufheben und essen, aber die Erdbeere fing an zu reden. Als ich genauer hinschaute, war es keine Erdbeere, sondern Buch. Nein, jemand, der Buch sehr ähnlich sah. Ja genau, sein Bruder. Macht mein Bruder immer noch nichts anderes, als den ganzen Tag Bücher zu lesen?, fragte sein Bruder. Sein Bruder war braun. Ich murmelte vor mich hin. Mein murmelndes Ich befand sich im Traum. Dort war auch B. Nein, das war ich. Buchs Bruder rief nach mir. Von einer Sekunde auf die andere fiel ich in Bs Traum hinein. Aber Bs Traum war ein Traum, den Buch träumte. Und all diese Träume waren in Wahrheit mein Traum. Aber gleichzeitig war es auch Bs Traum und Buchs Traum, nein, um ehrlich zu sein war es von niemandem der Traum. Wir waren alle drei in einem Traum gefangen und der Traum hatte sich dann wieder in drei Teile aufgeteilt. Alles war durcheinander. Deswegen konnten wir tun, was immer wir wollten. B begrub ihren Bruder noch fünf Mal. Sie warf ihn ins Meer, verbrannte ihn, sie band ihn sich um die Hüfte und schleifte ihn umher. Buch las ein Buch, aber es war ein Pflanzenlexikon. Daraufhin wurde ich zu einer lilafarbenen Blume in seinem Buch. Buch lag auf einer Wiese, die voll war mit diesen lilafarbenen Blumen. Der Wind wehte, und da seine Augen juckten, nahm Buch sie heraus. Seine Augen wurden daraufhin zu einem Ball, den Washington mit einem Baseballschläger schlug. Der Ball flog ein ganzes Stück und fiel dann zu Boden, wo er umherkullerte. Weißer Schnee legte sich auf den Ball. Der weiße Schnee wurde zum Schaum der Wellen. Der Schaum wurde wiederum zu Schnee und plötzlich waren wir alle am Nordpol mitten im Winter. B wurde zu einem weißen Bären. Ich wurde zu einem Fisch und der weiße Bär packte mich. Ich wurde in Bs Mund hineingeworfen. Bs Mund glitzerte von innen. Da waren Sterne und der Himmel. Rauch stieg zum Himmel auf. Das war der Schornstein von der Fabrik. Am Schornstein hingen Leute und wackelten hin und her. Das war Bs Bruder. Bs Bruder war grün und war gerade wieder dabei zu sterben. Ich begann den Schornstein emporzuklettern. Die Leute klatschen und feuerten mich an. B hing voll mit Eisenmurmeln. Ich kletterte zu ihrem Bruder, der Buch war, hinauf. Ich war B, die hinaufkletterte. Ich, die B war, war bekümmert. Zu bekümmert. Deswegen konnte ich nicht gut klettern. Ich fing an zu weinen. Daraufhin fielen Tränen aus Bs Augen. Sie fielen auf Buchs grüne Wangen. Buch bewegte sich nicht. Es tat weh. Zu weh. Aber dieser Schmerz war B. B schlug gegen das Bett. Sie schlug schluchzend gegen das Bett. Ich hielt ihre Hand fest. Aber sie schüttelte meine Hand ab. Ich habe es verdient zu versinken! Und dann schlug sie wieder gegen das Bett. Daraufhin begann das Haus zu beben und ein Buch fiel aus dem Bücherregal. Buch hob das herausgefallene Buch auf. Es war ein koreanisches Wörterbuch. Buch schlug es auf. Dort stand groß ‚Rendezvous' geschrieben. Rendezvous. Wenn zwei oder mehr Raumschiffe im Weltall aufeinandertreffen, um ein Andockmanöver durchzuführen. Das ist ein Traum, sagte B. In dem Traum bin ich im Weltall. Ich bin ein Raumschiff, weißt du? Ich warte gerade darauf, ein anderes Raumschiff zu treffen. Ich bin sehr müde. Weil ich seit zehn Jahren im Weltall umherschwebe. Es wird Zeit, mich auszuruhen. Ja, das ist ein Traum, sagte ich. Und im Traum bin ich im Weltall. Ich bin auf dem Weg, ein anderes Raumschiff zu treffen. Ich bin gerade erst auf die Welt gekommen. Ich strotze vor Energie. Nein, das ist kein Traum, sagte Buch. Das Haus bebte. Das ist kein Traum. Er stand auf, mit dem Wörterbuch in der Hand. Nein, es war kein koreanisches Wörterbuch, sondern ein japanisches. Nein, es war das große Erdbeben von Lissabon. Das Haus bebte noch stärker. Es ist ein Erdbeben, sagte Buch. Ich bin ein Erdbeben. Ich verursache Erdbeben. Aber ich bin nicht auf der Erde, sagte B. Ich bin im Weltall. Ich warte im Weltall auf ein anderes Raumschiff. Richtig, ich bin nicht auf der Erde, sagte ich. Ich bin im Weltall, auf dem Weg, ein anderes Raumschiff zu treffen. Buch schrie. Ich bin ein Erdbeben. Ein Erdbeben! Ich verursache Erdbeben! Verursachen!

Erdbeben.
Weltall.
Erdbeben.
Rendezvous.
Weltall.

Rendezvous.
Erdbeben.
Meer.
Erdbeben.
Lissabon.
Lissabon.
Erkältung.
Buch.
Erkältung.
Fieber.
Kopfschmerzen.
Niesen.
Schnupfen.
Fieber.
Fieber.
Fieber.
Kalt.
Nein, warm.
Kalt.
Nein, warm.
Kalt.
Nein, warm!
Nein, kalt!
Warm!
Es ist warm!
Wir waren erkältet.
Wir waren erkältet.
Wir waren erkältet.

Wir waren erkältet!

Wir öffneten gleichzeitig die Augen. Wir lagen im gleichen Bett und hatten die gleiche Decke über den Kopf gezogen. Es waren nicht mehr als dreißig Minuten vergangen. Das Haus hatte niemals gebebt. B war nie ins Weltall geflogen. Ich wollte keine Erdbeeren essen. Wir hatten lediglich eine Erkältung. Weit entfernt war leises Vogelgezwitscher zu hören. Zwischen dem Türspalt kam klares Licht hereingeströmt. Ich legte eine Hand auf meine Stirn. Sie war nicht heiß. Und sie war auch nicht verschwitzt. Ich rieb mir die Augen. Dann stand ich auf und lief in einer geraden Linie. Es war kein Problem. Ich öffnete die Tür.

Das blendende Licht der Morgensonne drang ins Haus herein.

Ich streckte mein Bein aus. Meine Zehen berührten das Gras. Es tat nicht weh. Morgentau bedeckte die Wiese vor dem Haus. Ich atmete tief ein. Die Luft war frisch.

Die Erkältung ist weg. Dachte ich.

Ja, wirklich.

11
Ich war extrem hungrig.

12
Buch holte den größten Topf aus dem Schrank. Der Topf war so groß, dass B und ich ihn uns gleichzeitig auf den Kopf setzen konnten. Das probierten wir natürlich direkt aus.
Hohohohoho
Buch schaute uns an und lachte. Buch stand mit dem Rücken zur Sonne und sah deswegen aus wie ein schwarzer Scherenschnitt.
Hohohohoho
Warum lachst du immer so?,
fragte ich.
Wie soll ich denn sonst lachen?
Hahaha, sagte B. Versuch mal so zu lachen, hahaha.
Genau so hab ich doch gelacht!, sagte Buch aufbrausend.
Überhaupt nicht! Du hast hohoho gelacht.
Nein!
Doch!
Nein, hab ich gesagt!
Dann lach noch mal. Lach noch mal genau so, hahaha.
Buch zögerte.
Wieso? Kannst du etwa nicht lachen?

Das ist es nicht!
Dann zeig's uns doch.
Hmmm.
Hmm Hmm Hmm.
Buch räusperte sich. Er schaute kurz verstohlen in unsere Richtung und lachte dann ganz kurz und so leise, als würde er flüstern.
Höhöhöhöhö.
Oje. B schüttelte den Kopf. Das war doch Höhöhöhö.
Buch wurde ganz rot im Gesicht.
Du kannst also gar nicht richtig hahaha lachen.
Natürlich weiß ich, wie man lacht. Aber irgendwie klang seine Stimme dabei kraftlos.
Für mich sieht es so aus, als könntest du nicht lachen.
Es reicht. Schluss. Dann lach ich halt einfach nicht!
Buch wurde wütend.
Ich werde nicht mehr lachen! Ich lass es einfach!
Buch kam mit einem angsteinflößenden Gesichtsausdruck schnurstracks auf uns zu gelaufen. Dann streckte er plötzlich die Hand in unsere Richtung aus. Wir lehnten uns erschrocken zurück. Buch zog uns den Topf vom Kopf herunter. Danach ging er in die Küche und begann Wasser in den Topf laufen zu lassen. Ich schaute B an.
Das ging zu weit.
Meinst du?
Ja.

Aber es war lustig.

Das stimmt.

Wir legten uns auf den Boden. Verdammt, murmelte Buch vor sich hin.

Verdammt, verdammt murmelte er, während er den Topf auf den Herd stellte.

Wann hast du eigentlich Geburtstag?, fragte ich.

Am ersten Januar.

Wow,

sagte ich erstaunt.

Wow,

sagte auch B.

13

B pustete, um ihre Nudelsuppe abzukühlen.

Buch pustete, um seine Nudelsuppe abzukühlen.

Ich pustete, um meine Nudelsuppe abzukühlen.

14

Boah, bin ich satt. B lag auf dem Boden und klopfte sich auf den Bauch.

Ich auch. Ich lag ebenfalls auf dem Boden und klopfte mir auf den Bauch.

Wenn man sich direkt nach dem Essen hinlegt, wird man ein Schwein. Buch lag auf dem Boden und hatte angefangen ein Buch zu lesen.

Schon okay. Sagten wir und schliefen kurz darauf ein.

15
Am nächsten Morgen gab es wieder Nudelsuppe.

Geht ihr denn gar nicht mehr nach Hause?, fragte Buch.

Keiner von uns beiden antwortete.

Am Abend gab es wieder Nudelsuppe.

Am nächsten Morgen gab es wieder Nudelsuppe. Diesmal schmeckte sie etwas weniger gut.

Es wurde Abend. Es gab wieder Nudelsuppe. Diesmal schmeckte sie nur noch okay.

Ernährst du dich eigentlich nur von Nudelsuppe, fragte B.

Nein, sagte Buch. Ich bin nicht so ein Mensch. Ich habe nur nichts anderes mehr zu Hause.

Dann geh doch einkaufen.

Dafür, dass ihr umsonst hier esst, habt ihr ganz schön hohe Ansprüche.

Äh …

Buch schaute auf die Uhr.

Oh!

Wieso?

Ich habe eine Verabredung. Buch stand auf.

Was für eine Verabredung?

Warum? Muss ich euch das etwa berichten?

Du musst es nicht sagen, wenn du nicht willst, sagte B.

Buch schüttelte mit dem Kopf. Kinder!

Ich werde alleine mit meinem Kumpel einkaufen gehen,

sagte er daraufhin mit ernster Miene, als würde er uns ein Staatsgeheimnis verraten.

Wow! Ich will auch mitgehen, sagte B.

Ich will auch mit, sagte ich.

Nein!

Warum?

Buch schaute uns an. Wir setzten einen bemitleidenswerten Gesichtsaufdruck auf. Buch verzog das Gesicht.

Verdammt. Er schüttelte den Kopf. Kinder!

16

Wir standen an der Bushaltestelle und warteten auf den Besitzer vom Allein. Buch hatte in der einen Hand eine schwarze Plastiktüte und in der anderen einen großen Einkaufskorb. B klopfte ständig gegen den Korb und kicherte dabei. Ab und zu leuchtete etwas gegenüber im dunklen Wald auf. Ich hielt Bs Hand fest.

Mir ist kalt, jammerte ich.

Autos, die ihre Scheinwerfer eingeschaltet hatten, fuhren mit hoher Geschwindigkeit von links nach rechts und von rechts nach links an uns vorbei. Jedes Mal, wenn ein Auto vorbeifuhr, wehten auch meine Haare von links nach rechts und danach wieder von rechts nach links. In der Ferne bewegte sich ein weiteres Auto auf uns zu. Das weiße Auto sah in der Dunkelheit aus wie ein Gespenst. Das Auto wurde jedoch immer langsamer und blieb vor Buch stehen. Buch öffnete die Tür. Es roch nach Zigaretten. Wir kletterten ins Auto.

17

Die Straße verlief kerzengerade. Auch die Bäume streckten ihre Arme geradeaus in Richtung Himmel. Die Straßenlaternen strahlten ein blasses, weißes Licht aus. Unser Auto war das einzige, das auf der Straße fuhr. Die bereits weit entfernte Stadt trug am Horizont den hohen und vollgestopften Himmel auf ihren Schultern. Auf beiden Seiten der Straße erstreckten sich endlose Wiesen, die wie ausgestorben waren. Der Himmel war so dunkel, wie er weit war und man konnte kaum die Sterne sehen. Ab und zu tauchten niedrige Gebäude auf und verschwanden dann wieder in Windeseile. Buch las ein Buch und der Besitzer vom Allein sagte kein Wort. Aus dem Radio kam ein Lied, das genauso müde und blass war wie das Morgengrauen. Anschließend tauchten Hochhaussiedlungen am Straßenrand auf. Die riesigen Hochhäuser erstreckten sich bis ans Ende der Welt. Inmitten der hohen Gebäude war ein niedriges, aber riesiges Gebäude sichtbar – der Supermarkt.

Der Besitzer vom Allein hielt das Auto in der Nähe des Supermarkts an und stieg aus, um eine Zigarette zu rauchen. Buch blieb im Auto sitzen. Ich und B lungerten in der Nähe herum. Geht nicht zu weit weg, rief der Besitzer vom Allein. Wir blieben stehen. Eine auf dem Boden zusammengekauerte Katze starrte uns an. Es war eine Katze mit schwarzen und weißen Flecken. Die Katze richtete sich mit einer eleganten Bewegung auf und verschwand nach ein paar Schritten hinter einer Mauer, auf die sie gesprungen war. Wir kehrten zum Auto zurück. Der Besitzer vom Allein trat seine Zigarette aus, stieg wieder ins Auto und ließ den Motor an.

Kaum waren wir im Supermarkt angekommen, machte sich der Besitzer vom Allein daran, seinen Einkaufswagen zu füllen. Währenddessen hatte Buch eine Flasche Cola, Seetang und eine Packung Hühnerfleisch in seinen Wagen gelegt. Kauf noch ein bisschen mehr, sagte der Besitzer vom Allein und klopfte Buch auf die Schulter. B hatte sich in einen leeren Einkaufswagen gesetzt und war eingeschlafen, und ich schob den Einkaufswagen vor mir her. B hatte eine Tüte mit Gummibärchen in der Hand und ich schaute mir die Regale an, während ich den Wagen langsam durch die Gänge schob. Der Besitzer vom Allein stand vor dem

Regal mit den Wanderschuhen. Wir liefen daran vorbei in Richtung der Haustierabteilung mit den Goldfischen. Die Goldfische schwammen träge in ihrem Becken umher. Sie sahen gelangweilt aus. Wir kamen an der Fischtheke vorbei. Dort roch es nach altem, verdorbenem Meer. Ich will ans Meer, murmelte ich. B hatte immer noch die Augen geschlossen und ihr Körper vibrierte nur leicht mit jedem Atemzug. Ich schob den Wagen mit aller Kraft an und ließ dann los. Der Wagen schlitterte mit rasender Geschwindigkeit davon. Der Wagen fuhr in Windeseile an der Obst-, Kaffee- und auch an der Teeabteilung vorbei und blieb vor den Süßigkeiten stehen. Aber B bewegte sich immer noch nicht. Ich auch nicht. Ich blieb eine Weile stehen und schaute auf den Wagen, in dem B lag.

18

Glaubst du, dass du erwachsen bist?,

fragte ich Buch.

Buch hob den Kopf und der Besitzer vom Allein brach in Lachen aus.

Wir waren im Allein und der Besitzer kochte gerade Kaffee. Der Rest von uns saß an einem kleinen Tisch, der in einer Ecke stand. Nur hinter der Theke kam Licht hervor. Aus den Lautsprechern schallte Tango-Musik. B tippte mit dem Zeigefinger auf die Zuckerdose.

Sehe ich für dich aus wie ein Erwachsener?, fragte Buch.

Nein. Ich schüttelte mit dem Kopf.

Buch schüttelte mit dem Kopf. Aha.

Nein, ich wollte nicht … was ich damit sagen wollte … Buch schaute mich an. B ebenfalls und auch der Besitzer vom Allein. Ich spürte, wie mein Gesicht rot wurde.

Du bist doch ein Erwachsener. Also du bist in dem Alter eines Erwachsenen.

Das ist richtig. Der Besitzer vom Allein fing an zu grinsen.

Aber du verhältst dich nicht wie ein Erwachsener.

Und?, fragte Buch.

Das ist doch witzig, sagte B.

Nein, sagte ich.

Was dann, lächerlich?, fragte Buch.

Ja, antwortete B. Nein, antwortete ich.

Das ist es nicht. Lassen wir es lieber. Bitte vergiss es einfach.

Hahaha.

Der Besitzer vom Allein lachte. Und daraufhin schenkte er uns Kaffee in die Tassen ein.

Aber sagt mal, wollt ihr denn gar nicht mehr nach Hause zurück?, fragte der Besitzer vom Allein.

Ich und B antworteten nicht.

Wollt ihr etwa nicht zurück?

Ich weiß nicht. Ich will gar nichts, sagte ich.

Ich werde nicht zurückgehen, sagte B.

Jetzt, sagte ich.

Aber …

Wenn ich in die Schule zurückgehe, werde ich wieder ohne irgendeinen Grund von den Jungs verprügelt. Warum sollte ich dann zurückgehen müssen?

Meine Mutter hat keine Ahnung, ob ich meine Hausaufgaben mache oder nicht. Warum sollte ich dann zurückgehen müssen?

Ich habe nicht vor, wie Brille viel zu lernen und erfolgreich zu werden. Warum sollte ich dann zurückgehen müssen?

Ich habe keine Freundinnen außer B, und B ist hier zusammen mit mir. Warum sollte ich dann zurückgehen müssen?

Obwohl du ein Erwachsener bist, arbeitest du nicht, heiratest nicht und liest nur alleine Bücher. Warum sollten wir dann zurückgehen müssen?

Weil du noch nicht erwachsen bist,

sagte der Besitzer vom Allein.

Also müssen wir nicht zurückgehen, wenn wir erwachsen sind?

Ja.

Und warum sagen dann alle, dass du verrückt bist? Warum sagen alle, dass ihr peinlich seid. Warum sagen alle, dass wir nicht werden dürfen wie ihr?

Was?

Peinlich? Wir?

Verrückt? Ich?

Ja, alle sagen, du bist verrückt. Du bist in die Berge gezogen, weil du verrückt bist. Du liest nur Bücher, weil du verrückt bist.

Buch dachte kurz nach und hob dann die linke Hand und winkte ab. Sollen sie doch denken, was sie wollen.

Wir, sagte der Besitzer vom Allein feierlich. Wir sind halt besonders.

Wir genauso, sagte B.

Was ist an euch besonders?

Mein kleiner Bruder ist gestorben.

19
Was denkst du?

Müssen wir nach Hause zurückgehen?

20
Weiß der Geier.
Buch zuckte mit den Schultern.
Ich interessiere mich nicht für weltliche Dinge.
Ich lächelte.
Warum?
Weil ich denke, dass du ein guter Mensch bist.

21
Was?
Es wird nichts Schlimmes passieren.
Ich verspreche es.

22
Als die Sonne aufging, verließen wir das Allein. Als wir in Buchs Haus ankamen, war es bereits Morgen. Wir kochten eine Fertig-Nudelsuppe und gingen dann schlafen. Als wir aufwachten, war es Mittag. Zum Mittagessen kochten wir Hähnchen. Nach dem Essen waren wir wieder müde. Buch begann ein Buch zu lesen. Ich und B schliefen wieder ein. Als wir aufwachten, war es Abend. Buch las immer noch sein Buch. Als wir sagten, dass wir Hunger hätten, kochte Buch aus den Resten des Mittagessens das gebratene Hähnchen zusammen mit Chilipulver und Sojasauce. Wir mischten das gebratene Hähnchen mit unserem Reis. Es war sehr lecker. Als wir mit dem Essen fertig waren, war es Nacht. Buch fing wieder an zu lesen und Ich und B legten uns wieder schlafen.

23
Ein paar Tage verstrichen. Oder, Moment, waren es eventuell nur ein paar Stunden?

24

Buch lag auf dem Bett und las ein Buch. Ich stand gegen das Bücherregal gelehnt und kritzelte vor mich hin. B wälzte sich auf der Wiese draußen umher und zog Grasbüschel heraus. In Buchs Haus roch es nach Büchern. Der Boden roch nach Büchern, die Kartoffeln rochen nach Büchern und auch der Kochtopf roch nach Büchern. Ich legte den Stift hin, legte mich auf den Boden und begann mit meinen Fingern und Fußzehen zu wackeln. Es war eine schöne und ruhige Zeit, die verging. Alles erschien so fern. Die Schule, die Stadt, Mama und auch die Prügel von Washington. Wie viele Tage waren noch mal verstrichen?

Buch las immer noch ein Buch.

Er sah aus wie ein großer schwarzer Stein, wie er da saß in seiner schwarzen Kleidung, sein Buch lesend. Das sah so toll aus, dass ich auch ein Stein werden wollte. Aber mein Körper ist zu weich dafür. Meine Haut ist zu weiß. Meine Bewegungen zu schlaff. Statt wie ein Stein

war ich eher wie ein Tintenfisch.

Ich habe geträumt,

sagte Buch zu mir. Es war so überraschend und gleichzeitig auch natürlich, dass es eher wie eine Halluzination klang als wie Buchs Stimme. Deswegen blieb ich ganz still.

Ich habe geträumt,

wiederholt er.

Was hast du gerade gesagt?

Ich habe gesagt, dass ich geträumt habe.

Was hast du denn geträumt?

Ich erinnere mich nicht. Aber es war ein ungemein wichtiger Traum.

Dann solltest du versuchen, dich zu erinnern.

Ich versuch's ja schon. Buch sah mich an. Seine Augen funkelten richtig.

Deine Augen funkeln, sagte ich.

Wirklich?

Ja.

Hohoho. Deswegen also.

Buch legte sein Buch hin. Ich werde heute in die Klinik gehen.

Klinik?

Ja.

Was für eine Klinik?

Um ehrlich zu sein, ist es keine richtige Klinik. Aber wir nennen sie Klinik.

Warum macht man denn sowas?

Ich kann es nicht erklären.

Kann ich auch gehen?

Nein.

Warum?

Buch sah mich an. Ich setzte einen möglichst mitleidserregenden Gesichtsausdruck auf. Daraufhin sah Buch resigniert zu mir zurück.

So ein Mist.
Buch ließ den Kopf sinken.

25

Zum Abendessen gab es Salzkartoffeln. Während wir die Kartoffeln aßen, putzte Buch sich hastig die Zähne und zog sich um. Nachdem er komplett angezogen war, packte er jede Menge Bücher in eine Tasche. Er tauschte ständig wieder Bücher, die er bereits in die Tasche gesteckt hatte, durch andere Bücher aus. Noch einmal, und noch einmal tauschte er sie aus.

Was macht er denn?, flüsterte B mir zu.

Keine Ahnung, antwortete ich. Aber ich weiß, dass er in die Klinik geht.

Ich trank Milch.

Ich will auch ein bisschen Milch, sagte B. Und steckte sich hastig die letzte Kartoffel in den Mund.

Buch machte die Tasche zu. Danach schaute er verstohlen zu uns herüber. Ich drückte B rasch die Milch in die Hand. B kippte sie hinunter.

Nimm uns mit,

sagte ich.

Buch, den meine Worte überraschten, kam aus dem Gleichgewicht und wäre beinahe vornübergefallen.

Wir lachten nicht.

Nimm uns mit,

sagte B.

Verdammt.

Buch ließ den Kopf resigniert hängen.

Draußen war es bereits dunkel. Buch hatte eine riesige Tasche über seine Schulter gehängt und an seinem Handgelenk hing die schwarze Plastiktüte. Wir überquerten schnellen Schrittes die Wiese und betraten den Wald. Im Wald war es komplett dunkel. Buch machte eine Taschenlampe an. Ich hielt Bs Hand fest in meiner. Es war so dunkel, dass man nicht sagen konnte, ob man die Augen nun offen hatte oder zu. Ab und zu sah man im Lichtkegel der Taschenlampe verblasste weiße Blätter, und das Einzige, was man hören konnte, waren unsere Atemgeräusche. Ich bekam plötzlich Angst. War das wirklich B neben mir, die nach Luft schnappte. Ich schaute zu ihr hinüber. Ich sah verschwommen ihre kurzen Haare hin und her schaukeln. Ah!, schrie B plötzlich. Kaum hatte ich meinen Kopf wieder nach vorne gedreht, sah ich ein altes und weißes Haus, das zu unseren Füßen lag. Auf dem Gebäude war ein Schriftzug angebracht. Städtische Klinik. Zwischen den beiden Worten sah man vage die Reste eines weiteren Wortes. Städtische Psychiatrische Klinik, las B den kompletten Schriftzug vor. Buch begann den Hügel halb herunterzurennen, halb zu rutschen.

26

Es war auf einen Blick klar, dass die Leute, die sich in der Klinik versammelt hatten, alle aus Ende kamen. Während B und ich zögerten, verschwand Buch ohne zu zögern direkt in der Menschenmenge. B und ich blieben vor Angst wie angewurzelt stehen. Aber je mehr Zeit verstrich, desto besser wurde es, da sich schlicht und einfach niemand für uns interessierte. In einer Ecke standen ein paar komisch angezogene Kinder, die aussahen, als wären sie genauso alt wie wir, und mit ernsten Gesichtern Zigaretten rauchten. Ich ging auf die Kinder zu. Daraufhin fluchte eines der Mädchen und spuckte in unsere Richtung. Die Spucke landete auf meinem Hemd. Sie lief langsam an meinem Hemd herunter. Da ich nicht wusste, was ich tun sollte, blieb ich einfach stehen. Nachdem ich stehen geblieben war, rief mir das Mädchen zu, dass ich Schlampe mich doch verpissen solle. Die Worte brachten mich zum Lachen. Daraufhin fragte das Mädchen mich, was ich Schlampe denn da zu lachen hätte. Die Haare des Mädchens waren zu einer Hälfte blond, zur anderen Hälfte schwarz. An ihrem Hals hingen mehrere Ketten aus Plastik, ebenso an ihren Armen und Knöcheln. Sie war genauso dürr und schwarz wie eine Spinne. Als ich wieder auf sie zuging, machte sie einen Schritt zurück. Auf meinem Hemd hing immer noch die Spucke des Mädchens.

Was soll das, du Schlampe?, fragte das Mädchen.

Hör auf zu fluchen, sagte ich. Daraufhin fingen das Mädchen und auch die Kinder neben ihr an zu lachen.

Verpiss dich!, sagte das Mädchen.

Warum? Willst du mich schlagen, wenn ich es nicht tue?

B zog an meinem Arm. Lass los. Ich schüttelte Bs Hand ab. Und ging noch etwas näher zu dem Mädchen hin. Da hinter dem Mädchen die Wand war, konnte sie sich nicht mehr weiter nach hinten bewegen.

Spuck nicht andere Leute an. Und hör auf zu fluchen.

Das Mädchen sah mich mit großen, runden Augen an. Ich erteilte ihr eine Kopfnuss.

Das Mädchen sah mich weiterhin nur mit großen Augen an und bewegte sich sonst keinen Millimeter.

Davon krieg ich schlechte Laune.

Okay.

Da sie das Wort so kleinlaut sagte, war ich etwas verlegen.

Okay, ich hab's verstanden. Also verpiss dich jetzt. Ich zögerte kurz und wendete mich dann aber doch ab. Im gleichen Moment fing B an zu schreien und das Mädchen sprang mir auf den Rücken. Ich fiel zu Boden. Das Mädchen zog mich an beiden Ohren. Ich zappelte und traf dabei unverhofft den Bauch des Mädchens mit meinem Fuß. Argh! Das Mädchen fiel mit einem Schmerzensschrei um. Ich wusste nicht, was ich tun sollte, also bewegte ich mich einfach gar nicht. B starrte geistesabwesend ins Leere. Das Mädchen brach in Tränen aus. Ich sah abwechselnd B und das Mädchen an. Auch die Kinder, die um das Mädchen herumstanden, starrten sie einfach nur an und bewegten sich nicht. Die Erwachsenen, die hinter den Kindern standen, schauten noch nicht mal zu uns herüber. Die Plastikhalsketten, die an dem Hals des weinenden Mädchens hingen, klapperten scheppernd gegeneinander.

Alles in Ordnung?, fragte B.

Ja.

Meine Haare waren ganz verstrubbelt.

Alles in Ordnung.

Lass uns gehen.

Ja.

Aber wir blieben trotzdem noch eine Weile stehen und starrten ins Leere. Das Mädchen hatte immer noch nicht aufgehört zu weinen und die Zigaretten der anderen Kinder wurden immer kleiner.

27

Das Gebäude war mal eine Klinik gewesen. Was natürlich bedeutete, dass es mittlerweile keine mehr ist. Es war nicht wirklich ersichtlich, für was die Klinik nun verwendet wurde. B hatte gesagt, dass sie aussah wie eine Müllhalde. Ich fand, es wirkte eher wie eine Fabrik. B fand, es wirkte eher wie die Schule. Ich fand, es wirkte eher wie ein Platz, an dem man sich ausruhen konnte. Wir schlängelten uns durch die Menschenmengen und stiegen die Treppen hinauf ins oberste Stockwerk des Gebäudes. Dort war es ganz still und leer. Wenn man allerdings genau hinhörte, konnte man von irgendwoher Stimmen hören. B folgte diesen Stimmen und legte hier und dort ihr Ohr an eine Tür. Ich schaute aus dem Fenster. Dort war der stockfinstere Wald zu sehen.

Komm mal her!, rief B mir zu.

B stand vor dem letzten Zimmer am Ende des Flurs. Durch den geöffneten Türschlitz drang Licht auf den Flur heraus. Ich begab mich ebenfalls in ihre Richtung.
Wow!,
staunte ich leise. Das Zimmer war bis zum Rand voll mit Büchern. Mit noch mehr Büchern als in Buchs Haus. Und natürlich war auch Buch in dem Raum.

Abgesehen von Buch waren auch noch andere Leute dort, aber sie sahen ganz anders aus als die Leute im Erdgeschoss unten. Sie waren alle noch relativ jung und hatten normale Kleidung an. Buch betrachtete zusammen mit einer Person, die weiße Kleidung anhatte, einen Stapel voller Bücher, der auf einem Tisch lag.

Ich habe gestern etwas geträumt …,

sagte Buch. In diesem Moment trafen sich unsere Blicke.

Seid ihr etwa auch da?

Was sollen wir denn sonst machen, wenn du einfach so alleine verschwindest,

sagte ich.

Buch antwortete nicht.

Was hast du denn geträumt?, fragte die Person in Weiß.

Ich habe davon geträumt, ein Buch zu werden.

Wirklich?

Wenn ich es doch sage.

Was für ein Buch bist du denn geworden?, fragte die Person in Weiß.

Ja, erzähl es uns doch genauer, sagte eine Person in Grün.

Der Einband war grün. Und ...

Dein Name war in Regenbogenfarben geschrieben, richtig?

Ja.

Auf Seite dreihundertsiebenundsechzig geht es Richtung Nordosten, richtig?

Ja.

Siebenundsechzig Kilometer?

Richtig.

Glückwunsch!, sagte die Person in Grün. Exakt, das war absolut exakt. Und wie lange ist es dann jetzt noch?, fragte Buch.

Gute Frage. Wie lange hat es bis hierher gedauert?, fragte die Person in Grün.

Gute Frage. Buch zuckte mit den Schultern. So drei Jahre?

Dann wird es diesmal sicher schneller gehen, sagte die Person in Weiß. Es dauert nicht mehr lange.

Zum Glück. Es war echt nicht einfach. Buch seufzte. In dem Moment schrie B erschrocken auf. Eine Person in Rot hatte sie von hinten gepackt. Wer bist du?

Es ist in Ordnung, lass sie los, sagte Buch.

Kennst du die Kinder?

Ja. Nein, keine Ahnung. Nein, ich kenne sie.

Kennst du sie jetzt, oder nicht?

Ja, ich kenne sie.

Die Person in Rot ließ B mit einem sehr unzufriedenen Gesichtsausdruck gehen. B kam zu mir herübergerannt.

Das hier ist kein Ort für euch.

Warum?

Geht nach Hause.

Keine Lust.

Die Person in Rot seufzte.

Geht runter in den Keller, sagte die Person in Grün.

Ja, geht in den Keller, sagte Buch.

Nein, wir gehen nirgendwo hin, sagte B.

Grün, Weiß und Rot seufzten alle gleichzeitig.

Okay. Dann werden wir in den Keller gehen. Hol uns ab, wenn du fertig bist, sagte ich.

Okay, gut, antwortete Buch halbherzig.
B fluchte.
Grün, Weiß und Rot starrten B an.
Auf Wiedersehen!,

rief ich laut, nahm B bei der Hand und verließ den Raum. Ich hasse Buch!, schrie B. Aus dem Raum war Gelächter zu hören. Bs Schultern bebten vor Wut. Wir begannen die Treppen nach unten zu steigen. Als plötzlich der Geruch von Verbranntem, gemischt mit dem Geruch von Urin zu uns hochdrang. Uargh! B fing an zu husten. Was ist das? Keine Ahnung. Brennt es etwa irgendwo? Aber es flüchtet niemand. Weil sie verrückt sind. B blieb stehen. Lass uns erst mal nach unten gehen, sagte ich. Nein. Ich will nicht nach unten gehen, sagte B ausdrücklich. Mir blieb nichts anderes übrig als ebenfalls stehen zu bleiben. Neben uns stand ein Mann, der uns beobachtete. Er hatte einen Strohhut auf und sah aus wie ein netter, älterer Herr.

Ist da unten etwas passiert?

Ich weiß es auch nicht genau. Ich bin heute zum ersten Mal hier. Der Mann lachte.

Seid ihr auch zum ersten Mal hier?

Ja.

Dann lasst uns doch zusammen gehen. Der Mann nahm mich an der Hand. Ich nahm B an die Hand. B beschwerte sich, dass sie nicht gehen wolle, aber schlussendlich gab sie auf. Je weiter wir nach unten kamen, desto stärker wurde der Geruch und desto dichter wurde der Rauch. Wir hielten uns fest an den Händen und bewegten uns vorsichtig umhertastend weiter nach unten. Als wir im Keller angekommen waren, fanden wir auch die Ursache für den Rauch. Am Eingang zum Keller hatte jemand ein Feuer aus Ästen angezündet und blies nun den Rauch mit einem riesigen Ventilator ins Gebäude hinauf.

Warum machen sie das?, fragte ich den Mann.

Gute Frage, ich weiß es auch nicht genau, hihihi. Der Mann lachte.

Aber warum bist du eigentlich hier?

Gute Frage, ich weiß es auch nicht genau, hihihi. Der Mann lachte. Allem Anschein nach war der Mann wohl verrückt. Hey, lass uns einfach alleine gehen, sagte B. Ja. Ich ließ die Hand des Mannes los. Der Mann lachte einfach weiter. Ich verabschiedete mich von dem Mann.

Auf Wiedersehen.

Ja. Der Mann lachte. Er verschwand lachend in der Ferne.

Hinter dem Ventilator, über der weit geöffneten Tür, stand „Konferenzsaal" geschrieben. Dort roch es ebenfalls verbrannt und man konnte Rauch sehen, aber es roch, als würde dort jemand Zimt verbrennen. Das brennt, sagte B mit Tränen in den Augen. Mir wird schwindelig, sagte ich. An der Decke hingen zwei riesige Ventilatoren, die sich langsam drehten. Von den Rotorblättern der Ventilatoren hingen lauter glitzernde Gegenstände herab. Auf dem Boden lagen Leute und andere Leute liefen einfach über sie drüber. Die Leute auf dem Boden gaben dabei jedoch keinen Laut von sich. Schau mal, da!, sagte B mit ausgestreckter Hand. In der Richtung, in die sie zeigte, war der Besitzer vom Allein. Er tanzte mit einer Frau, die besonders auffällig war, da sie eine rosa Perücke aufhatte. Weißt du, wer das ist?, fragte B. Ich antwortete, dass ich keine Ahnung habe. Ich weiß es aber, sagte B. Das ist die jüngste Tochter der Familie, die das Restaurant Seoul betreibt. Ich bekam plötzlich Hunger. Und plötzlich sah die Tochter vom Restaurant Seoul für mich aus wie Essen. Oje. Warum?, fragte B. Die Frau sieht für mich aus wie Essen. Daraufhin fing B an zu lachen. Der Geruch von Zimt wurde noch stärker. Deswegen fingen meine Augen ebenfalls an zu tränen. Von irgendwoher war Musik zu hören. Es war ein Lied, das ich nicht kannte. Das Leben ist ein Mysterium. Jeder muss auf eigenen Beinen stehen. Das ist Madonna, sagte ein Junge zu mir. Der Junge hatte vorhin neben dem Mädchen gestanden, das mich angespuckt hatte. Ich nickte. Der Junge rieb sich Tränen aus den Augen. Ich weine nicht, weil meine Augen brennen. Ich weine, weil das Lied so schön ist. Daraufhin antwortete B, ich weine, weil meine Augen brennen. Mir ist schwindelig, sagte ich.

Ich werde dich dort hinbringen. Wie ein Gebet, sang Madonna. Wie ein Gebet.

Und auf einmal wurde alles um uns herum still. Lediglich die Stimme von Madonna war noch zu hören. Plötzlich wollte ich beten.

Ja,

ich bekam das Bedürfnis zu beten.

In dem Moment tauchte vor meinen Augen das Meer auf. Ich will zum Meer werden. Das war mein Gebet. Genauso wie Buch ein Buch werden will und B ein Fisch, möchte ich ein Teil des Meeres werden. Aber das war ja unmöglich. Deswegen muss man ja auch beten. Langsam kamen immer mehr Leute in den Konferenzsaal hereingeströmt. Die Leute schwangen ihre Körper wie verrückt im Takt der Musik hin und her. Als ich neben mich blickte, war B plötzlich verschwunden. Ich rief mit lauter Stimme nach ihr. Aber alles, was ich hörte, waren die Musik und die lauten Atemgeräusche der Tanzenden. Ich entdeckte B gerade noch so, bevor sie zwischen den Menschen verschwand. B streckte mir die Hand entgegen. Es passierte in der Spanne eines Augenblicks. B war wie vom Erdboden verschluckt. Um mich herum waren lediglich mir unbekannte Menschen, die sich nicht für mich interessierten. Ich presse meine Augenlider aufeinander. Daraufhin erschien wieder das Meer. Das strahlend blaue Meer war direkt vor meinen Augen. Ich öffnete die Augen. Woraufhin wieder der Konferenzsaal erschien. Mir war schwindelig. Mir war schwindelig von dem Geruch nach Zimt, der Musik, den Leuten, dem Schweiß und den Tränen. Der Besitzer vom Allein hatte die Tochter vom Restaurant Seoul fest in die Arme geschlossen. Die Tochter vom Restaurant Seoul hatte einen kurzen Rock an und wackelte mit dem Hintern. Auf dem Boden lagen zerrissene Boxen herum, in denen mal Nudelsuppen gewesen waren. Sie waren in kleine und noch kleinere Stücke zerrissen. Über meinem Kopf flogen Deckel von Zahnpastatuben umher. Zusammengeknüllte Zigarettenschachteln, Flyer von einem Nachtclub, Schlüsselanhänger aus Plastik in Form einer Rakete, der Name eines Restaurants, der dort geschrieben stand, Restaurant Seoul, und die darunter stehende Telefonnummer, acht, eins, sechs, sieben, eins, fünf, fünf, drei, die heruntergebrannten Zimtstangen, Holzstäbchen, die man nicht mehr benutzen konnte, und Suppenpulver, ja, plötzlich streuten Leute das Suppenpulver der Nudelsuppen in Schüsseln. Von einer Sekunde auf die nächste erfüllte ein roter und scharfer Nebel den Raum. Wahrscheinlich um den Verstand zu verlieren, nein, sie hatten ja bereits den Verstand verloren, die bereits den Verstand verlorenen Menschen begannen einen Elefanten aus Plastik zu verbrennen. Sie verbrannten Uhren, die das Bürger-Service-Center verteilt hatte, einen karierten Schal, der an den Strand gespült worden war, eine Jacke, auf die der Name der Fabrik gestickt worden war, Socken und leere Kugelschreiber. Mittlerweile waren alle Augen rot und die Menschen vergossen Tränen und wackelten dabei mit ihren Hintern. Sie wackelten mit den Armen und den Brüsten, oh ja, die Brüste wackelten. Sie wackelten mit dem Kopf und stießen dabei uhuhuh-Laute aus. Sie hatten beide Arme gerade nach vorne ausgestreckt. Sie bewegten ihre Hüften und stampften weinend mit den Füßen auf. Ah, ich konnte mich auch nicht länger zurückhalten und streckte meine Arme aus. Ich bekam jemanden zu fassen, der wiederum jemand anderen festhielt. Ich wackelte mit der Hand, mit der ich fest jemand anderen hielt, und schrie. Ich will zum Meer werden! Daraufhin rief jemand anderes, ich möchte sterben! Nein, ich will nicht sterben, ich will zum Meer werden! Ich will sterben! Das Leben ist ein Mysterium. Aber ich will sterben! Jeder muss auf eigenen Beinen stehen. Aber ich will sterben! Ich höre, wie du meinen Namen rufst. Aber ich will sterben! Ich will sterben!, riefen die Leute. Alle riefen zusammen. Sie riefen, ich will sterben. Die Stimmen wurden immer lauter. Man konnte die Musik mittlerweile nicht mehr hören. Man konnte nur noch die Stimmen hören, die riefen, ich will sterben, ich will sterben. Aber ich will zum Meer werden! Und als ich die Augen öffnete, stand wie ein Wunder Buch vor mir. Buch lachte. Ich lachte auch. Lachend streckte ich meine Arme in seine Richtung aus. Er streckte mir ebenfalls seine Arme entgegen. Als ich auf ihn zulief, blieb ich plötzlich wie angewurzelt stehen. Buch war nicht alleine. Er war mit jemandem zusammen, den ich nur allzu gut kannte. Es war jemand, der eine Mütze trug, auf der „Washington" geschrieben stand.

28
Washington lachte.
Das war niedlich.

29
Die Mütze, nein, Plural „Mützen" und noch weitaus mehr Mützen streckten lachend braun gebrannte Arme in meine Richtung aus. Von einer Sekunde auf die nächste verschwand das Gesicht von Buch vor meinen Augen, der vor Überraschung die Augen weit aufgerissen hatte. Ich flehte um Hilfe. Aber da alle schrien, dass sie sterben wollen, konnte keiner meinen Hilferuf hören. B blieb weiterhin verschwunden. Ich schloss die Augen. Aber das Meer erschien nicht. Absolut nichts erschien vor meinen Augen. Große Hände umschlossen meinen Körper. Zum Schluss legten sich Washingtons Hände um meinen Hals und drückten zu.

30

Es war langweilig ohne dich, sagte Washington, während er mich trat. Es war wirklich langweilig ohne dich, sagte er und trat mich wieder. Langweilig! Verstehst du? Der große Ventilator wirbelte über meinen Augen im Kreis. Obwohl ich die Augen geschlossen hatte, konnte ich es sehen. Wie sich die Rotorblätter immer schneller im Kreis drehten und dabei immer näherkamen. Bald würden sie meinen Körper zerfetzen.

Ich hasse Langeweile, sagte Washington. Aber du hast dafür gesorgt, dass mir langweilig ist. Du bist schuld, dass mir langweilig ist!

Ich dachte nach.

Es war offensichtlich, dass ich nicht zum Meer werden konnte.

Dann verlor ich das Bewusstsein.

31

Als ich die Augen öffnete, befand ich mich auf der Müllhalde hinter der Klinik. B lag neben mir. Warum hast du das gemacht?, fragte Washington an Buch gewandt. Ich sah Washington. Er stand. Buch lag auf dem Boden. Sie waren umgeben von Mützen. Washington trat Buch. Hättest du dich mal um deine eigenen Angelegenheiten gekümmert. Du hättest einfach deines Weges gehen sollen. Washington, der auf Buch eintrat, hatte einen schicken Trainingsanzug an und lachte. Das Lachen war extrem niedlich. Buch ließ die Schläge ruhig über sich ergehen und wälzte sich von links nach rechts. Er hatte die Augen dabei geschlossen. Auf seinem Gesicht war kein Ausdruck zu erkennen. Ich rief flüsternd nach B. Aber sie antwortete nicht. Ich richtete mich auf. Ich konnte hören, wie Washington weiterhin auf Buch eintrat. Ich konnte nichts anderes mehr hören. Mein Kopf tat weh, als würde er jeden Augenblick explodieren. Die Zeit schien nur sehr langsam zu verstreichen. Nein, sie schien fast gar nicht zu verstreichen. Washington trat erneut nach Buch. Für einen kurzen Moment sah ich auf dem Boden etwas glitzern. Es war weder ein Stern noch Staub. Es war ein großer, schwarzer Stein. Ich hob den Stein auf. Ich hielt ihn so fest in der Hand, dass er eigentlich hätte zerbrechen müssen. Die Zeit war nun vollends stehen geblieben. Ich fing an zu laufen. In meinem schmerzenden Kopf hörte ich ganz leise ein raschelndes Geräusch. Wie ein leeres Mäppchen, dachte ich. Und dann,

ein dumpfer Schlag.

Plötzlich wurde alles um mich herum ruhig und alles war still. Ich sah Washington auf dem Boden liegen und seinen Kopf mit den Händen festhalten. Washington, der auf dem Boden lag, hatte seinen Kopf nicht mehr mit einer Mütze bedeckt, sondern stattdessen mit etwas Rotem. Als ich um mich blickte, sah ich die Blicke der anderen Mützen alle auf mich gerichtet. Ich sah auf den Stein herab, den ich in der Hand hielt. An dem Stein klebte das Gleiche, was auch Washingtons Kopf bedeckte. Der Stein fiel zuerst zu Boden, danach ich.

Ende

Das Meer war immer gleich.
Die Wellen schlagen von links nach rechts und ziehen
sich dann wieder nach links zurück und
braungebrannte Kinder springen ins Wasser hinein.

1
In meinem Traum verbrennt Buch Bücher.

2
Ich schaute eine ganze Weile in den Spiegel. Was ich im Spiegel sah, war mein Spiegelbild, das eine Schuluniform trug. Es sah extrem seltsam aus. Meine Mutter hatte mich zur Schule gebracht.

Das laute Klassenzimmer wurde auf einmal totenstill, als ich eintrat. Ganz vorne sah ich Brille. Er war dabei, Aufgaben aus seinem Aufgabenbuch zu lösen, und neben ihm saß Himmel. Ich setzte mich auf den Platz hinter Brille. Und schaute dann stillschweigend auf die Tafel.

Das Klassenzimmer wurde langsam aber sicher wieder lauter. Außer mir natürlich.

Die Schulglocke ertönte.

Die erste Stunde war Englisch. Ich holte das Schulbuch hervor.

Die Schulglocke ertönte erneut. Pause.
Die Schulglocke ertönte erneut. Sport.
Die Schulglocke ertönte erneut.
Die Schulglocke ertönte erneut.
Die Schulglocke ertönte erneut.

Währenddessen holte ich noch mehrmals ein Buch hervor und steckte es wieder ein, ging auf die Toilette und zog meine Sportsachen an und wieder aus. Währenddessen sprach mich niemand an. Ich machte alles alleine. Die restliche Zeit saß ich schweigend da und blickte auf die Tafel.

In der Mittagspause aß ich nichts und legte mich auf meinem Schreibtisch schlafen. Ich träumte. Wie immer war es ein Traum über Buch. Buch verbrannte Bücher und am Ende lief er selber in die Flammen. Ich schaute ihm dabei nur zu. Ich schrie nicht und weinte auch nicht. Das war's. Es war immer der gleiche Traum.

Hong Rang, rief die Lehrerin mich. Ja. Komm an die Tafel und lös die Aufgabe Nummer acht. Ja. Ich ging zur Tafel und schaute mit der Kreide in der Hand die Aufgabe an. Ich schaute sie einfach nur stillschweigend an. Ich blieb eine ganze Weile so stehen. Die Lehrerin sagte mir, ich solle zu meinem Platz zurückkehren.

Die Schulglocke ertönte erneut.

Ich machte meinen Rucksack zu und stand auf.

Auf dem Weg nach Hause wisperte das Mädchen, das neben mir im Bus saß, in ihr Handy. Neben mir sitzt die verrückte Schlampe. Ich sah sie nicht an. Stattdessen sah ich aus dem Fenster und schloss kurz darauf die Augen.

Danach fuhr ich nicht mehr mit dem Bus. Ich ging lieber zu Fuß.

3

In den Ferien waren ich, B und Washington im gleichen Krankenhaus gewesen. Aber faszinierenderweise haben wir ihn kein einziges Mal getroffen. Brille kam genau einmal zu Besuch. Wir gingen zusammen ins Restaurant vor dem Krankenhaus und aßen Schnitzel. Während dem Essens sprachen wir kein Wort miteinander.

B war zwar im gleichen Zimmer wie ich, aber wir redeten ebenfalls kein Wort miteinander. Meine Mutter redete auch nicht mit B. Und ich redete genauso wenig mit Bs Eltern. Wir schauten alle zusammen stillschweigend Fernsehen oder taten so, als würden wir schlafen.

Als wir aus dem Krankenhaus entlassen wurden, waren immer noch Ferien. Ich ging nicht zum Strand. Weil meine Mutter mich nicht ließ. Stattdessen spielte ich in Omas Zimmer. Dort las ich das gleiche Comic zum hundertsten Mal oder hörte Radio.

Ich ging nur ein einziges Mal zur Polizeistation. Dort war auch Buch und neben ihm der Besitzer vom

Allein. Buch tat so, als würde er mich und B nicht kennen. Wir taten das Gleiche. Die Polizisten nannten Buch Kim Osong. Herr Kim, antworten sie gefälligst richtig. Herr Kim. So ging es hin und her. Daraufhin sagte Buch, er wolle ein Buch lesen. Die Polizisten warfen Buch eine Sportzeitschrift zu. Buch ging sehr vorsichtig damit um, als wäre die Zeitschrift ungemein wichtig. Herr Kim, das wird Sie freuen, wenn Sie ins Gefängnis kommen. Dort können Sie nämlich den ganzen Tag Bücher lesen. Daraufhin sah Buch besorgt aus.

Warum muss Buch ins Gefängnis?, fragte ich meine Mutter.

Nein, er kommt nicht ins Gefängnis, antwortete meine Mutter.

Aber warum machen sie das dann? Warum erpressen sie ihn damit, dass sie ihn ins Gefängnis stecken?

Anstatt zu antworten, streichelte meine Mutter mir über den Kopf. Ich hielt ihre Hand fest in meiner.

Neben mir war B. B war alleine. Bs Mutter war in der Fabrik gewesen und war nun in einem Taxi auf dem Weg hierher.

Eine ganze Weile später kam Bs Mutter an. Sie wirkte alt.

4

Buch konnte nicht mehr auf den Hügel im Norden der Stadt zurückkehren. Washington wechselte die

Schule. Bs Bruder wurde mit etwas Verspätung beerdigt. Danach zog B an einen weit entfernten Ort. Das Allein machte ebenfalls zu. Stattdessen eröffnete dort ein Kiosk.

In der Schule übernahm Tokyo die Rolle von Washington. Zum Glück belästigte er nur Jungen. Washington hatte ich danach nur noch ein einziges Mal gesehen, in der Innenstadt. Washington hatte mittlerweile keine Mütze oder so was mehr auf, sondern stattdessen die Haare blond gefärbt und sie lang wachsen lassen.

Alles schien wieder zum Anfang zurückgekehrt zu sein. Bald darauf wurde es Winter. Nichts passierte. Und auch danach passierte nichts. Anfangs war ich extrem wütend gewesen, aber die Wut wurde immer kleiner und verschwand schließlich vollends. Kurz darauf fingen die Ferien an und hörten wieder auf und es wurde Frühling. Dann wurde es wieder Sommer. Und wieder Herbst. Und als der Winter wieder vorbei war und der Frühling kam, kam ich in die Oberstufe.

Ich fing an, zur Nachhilfeschule zu gehen.

Von Zeit zu Zeit fragte ich mich, wohin die ganze Wut eigentlich verschwunden war.

Ab und an ging ich ans Meer. Das Meer war immer gleich. Die Wellen schlagen von links nach rechts und ziehen sich dann wieder nach links zurück und braungebrannte Kinder springen ins Wasser hinein. Aber ich wünschte mir nicht länger, zum Meer zu werden.

Währenddessen änderten sich die Jahreszeiten und die Sonne. Aber alles blieb gleich. Nach dem Sommer kam der Herbst und der Sommer kam nicht nach dem Winter. Im Endeffekt passierte kein Wunder. Und ich wünschte mir auch nicht länger, dass es passierte. Es gab sonst keine guten Dinge, die passierten. Alles, was übrig blieb, war, erwachsen zu werden.

Ich wartete darauf, erwachsen zu werden.

Impressum

© Konkursbuch Verlag Claudia Gehrke 2021
© Kim Sagwa © der Übersetzung Konkursbuch Verlag

PF 1621, D – 72006 Tübingen, Telefon: 0049 (0) 7071 66551
0049 (0) 172 7233958, gehrke@konkursbuch.de
www.konkursbuch.de   Facebook: konkursbuch.verlag
Umschlag und Vorsatzseiten mit Fotos von C. Gehrke
Die koreanische Originalfassung 나b책 erschien bei Changbi Publishers,
Inc. This edition is published by arrangement with Changbi Publishers, Inc.
Diese Übersetzung wurde unterstützt vom Literature Translation Institute
of Korea (LTI Korea). Vielen Dank.
Gerne schicken wir Ihnen auch unser gedrucktes Gesamtverzeichnis.
ISBN 978-3-88769-582-8   E-Book: 978-3-88769-583-5